推理要在早餐时

[日] 友井羊 / 著

史姣 / 译

台海出版社

◇千本櫻文庫◇

　　文库，原本是指收纳书物的仓库和书库，也指收纳书与记事簿，以及不常用物品的小箱子。以前者为例，京浜急行线的"金泽文库站"就是以前镰仓时代北条氏用来收藏汉书用的，"金泽文库"名字的由来便是如此。东京都的世田谷区也存在着收集着珍贵汉书的"静嘉堂文库"。后者则更多地被称为"手文库"。

　　江户时代以来，可以放入袖袂的小开本书籍逐渐流行起来，被称为"袖珍本"。明治三十六年（1903 年），富山房发行了小开本的丛书，起名"袖珍名著文库"。随后，明治四十四年（1911 年），讲述战国时代的猿飞佐助和雾隐才藏系列故事的讲谈社"立川文库"发行出版。讲谈是日本民间艺术，以口语化的方式讲述历史故事的形式。而"立川文库"则是将讲谈收录成册集中出版的丛书，据统计，当时刊行量为 200 册左右。从那时起，文库就脱离了原本的释意，逐渐演变成了现在的类书集丛。

　　文库说法借鉴了日本出版业界的传统说法。而千本樱源自日本奈良县吉野山樱花盛开的奇景，世人皆称"一目千本樱"来形容樱花美景。千本樱文库的纳入作品皆为日系作品，题材包括推理、悬疑、幻想、青春、文化等类型，正如千本樱满山盛开的绝景。

现代日本，以"文库"命名刊行的丛书系列有 200 种以上，所谓"文库本"只不过是统称而已。日本传统的"文库本"常用的是 A6 尺寸的 148mm×105mm，也叫"A6 判"。千本樱文库的所有书籍将在"文库本"的基础上提升，达到 148mm×210mm 的开本标准。追求还原的前提下，力图带给读者更清晰的阅读体验。

从上世纪 70 年代以来，日系推理小说逐步进入中国读者的视野。随着时代更替，涌现出一大批不同风格的作家。日系推理能够长久不衰的原因之一在于设立的各种奖项，这些奖项能为日本文坛输送新鲜血液，不断地创作优秀作品。"这本推理小说了不起！"大奖 2002 年由宝岛社、NEC、Memory-Tech 联合创办，以发现有趣的作品、发掘新的才能以及构筑新的体系为目标。主要奖项分为大奖、优秀奖、"隐玉"奖（编辑部推荐奖）等。

友井羊是日本新生代作家，2011 年获得第 10 届"这本推理小说了不起！"大奖的优秀奖并出道。本书《推理要在早餐时》是一部日常推理作品，根据原作改编的漫画也已经在宝岛社出版。故事的舞台发生在一家毫不起眼的汤店，主厨店长不仅手艺了得而且心思细腻，擅长解决客人在生活中遇到的各种谜题。五个短篇小故事"暖胃"又暖心，即使在繁杂的社会中身心俱疲，也请不要忘记好好坐下来吃一顿便饭，喝一碗热汤。

千本樱文库编辑部

◇作家 WRITER

鲇川哲也奖作家系列

◇ 相泽沙呼
◇ 城平京
◇ 芦边拓
◇ 柄刀一

梅菲斯特奖作家系列

◇ 西尾维新
◇ 井上真伪
◇ 天祢凉
◇ 殊能将之
◇ 木元哉多
◇ 北山猛邦

其他作家系列

◇ 横关大
◇ 乙一
◇ 仓知淳
◇ 野崎惑
◇ 深木章子
◇ 三津田信三

目 录

第一章

撒谎的好女人

1

透过地铁的车窗，理惠眼看着站台离自己远去，她本应该在这一站下车的。

这天，理惠想早些到公司，于是比上班时间早一个多小时就出门了。但却因为睡眠不足，导致大脑无法正常运转，等发觉时已经坐过站了。

在下一站下车后，去往反方向的电车正好开走了。距离下一趟还有些时间，理惠决定先返回地上。好不容易早起一次，真是可惜了。

公司所在的商业街一带，地下线路网四通八达，即使是从下一站走到公司，也在可以接受的路程范围内。理惠边想着与其等下一辆电车，还不如走过去更快，边无奈地叹了口气。

季节已进入十月，道路两旁的行道树也微微染上了颜色。崭新的写字楼鳞次栉比，西装革履的上班族们稀稀疏疏地走在路上，虽然时间是早上六点多，但每个人都显出很匆忙的样子。

理惠在脑海中浮现出公司的位置，接着拐进一条小巷。出于工作的关系，这周边的地图她都暗记于心。被两旁耸立的高楼遮挡了光线的小巷显得有些昏暗，行人也很少。看到前方驶来一辆正在送货的中型卡车，理惠便站到街角让出路来。

在行走中，理惠注意到身旁大楼的玻璃窗映照出了自己的样子。

黑褐色的头发用条状发卡简单束起，身穿藏青色外套，灰色紧身裙的OL（白领丽人）一脸疲惫地看着这边。马上就要迎来三十岁的奥谷理惠的脸上黑眼圈十分严重，她眼窝的皮肤很薄，只要睡眠不足马上就会出现黑眼圈。

理惠不自觉地再次发出叹息，就在她吸气时，鼻尖忽然传来了一阵香味。

"好香啊……"

在折射着太阳光的摩天大楼中间，矗立着一座只有四层的建筑物。大概是由于长期经受风吹日晒，外侧的混凝土已经有些变色发黄。但只有一层经过改装，外侧用赤红色瓷砖装饰。

木制招牌上写有店名"汤店雫[1]"，理惠对这家店有些印象，她所在的公司制作发行的免费刊物《IRUMINA》上应该也登载有这家店的优惠券。不过理惠主要负责的是邻站周边的繁华街，所以并没有来过这家店。

---

1. 雫：日本和制汉字，意为雨滴、水滴。——译者注

店门前摆着许多花盆和花架，还养着罗勒 [1]、迷迭香等药草植物及很小的橄榄树等。

"……哎？"

只见木制门板上挂着写有"OPEN"的牌子，再走近一点，一股好闻的炖肉味道刺激着味蕾。理惠早晨起来后还没有吃东西，因此不由自主地摸了摸空空如也的肚子。如果是正在准备中的话应该是有人在的，但因为窗户染上雾气所以看不清里面。若还没有开门的话，门牌最好换成"CLOSED"好一点。虽然这么做有些多事，但因为是公司的顾客，理惠决定进到店里提醒一声。

轻轻一拉把手，门便打开了，随即门口的铃铛声响起，充斥在室内的高汤的香味扑鼻而来。

"早上好，欢迎光临！"

"那个，早上好，我看到门口的牌子是 OPEN……"

从门内进来的左手边并排摆放着三张能坐四人的桌椅，正对面是柜台席位，一位男性站在柜台内侧，朝理惠露出温和的笑容。

"是的，本店正在营业。"

像小狗一样的人，虽然这么说初次见面的人有些失礼，但这就

---

1. 罗勒：罗勒属植物，为药食两用芳香植物，味似茴香，全株小巧，叶色翠绿，花色鲜艳，芳香四溢。有些稍加修剪即成美丽的盆景，可做盆栽观赏。——译者注

是他给理惠的第一印象。男人和她以前养过的一只柴犬很像，虽然五官很立体，但眼神总透露出一种很黏人的感觉，就像爱犬在注视她一样。

店内大约有十坪，墙壁用石灰涂成白色，地板、柱子及桌椅等统一使用深棕色的木材，给人一种宁静的氛围，就像收拾得很干净的客厅一样。

"本店虽主要在午餐和晚餐时间营业，但从早上六点半开始也会营业大约两个小时，不过菜单只有一种。"

男人将视线转向店内某处，理惠也追随他的视线望去，只见内侧墙壁上挂着一块黑色板子，写着"今天早上的菜单是……土豆炖水芹浓汤"。看来充斥在店内的香味就是它了。

"您要用餐吗？"

明明打算早点到公司处理工作的，但理惠却怎么也移不动脚。嘴里不知不觉流下口水，而且离上班时间还足足有一小时，无法抵抗食欲的理惠决定先填饱肚子。

"那就拜托了。"

"好的。"

在柜台席坐定后，像柴犬般的男人递来一条湿毛巾。男人上身穿一件白色亚麻衬衫，下半身是褐色棉布长裤，腰间围一条黑色围裙，挂在胸前的名牌上写有"店长麻野"的字样。

令人惊讶的是，面包和饮料竟然免费提供。

"由于早上的营业员只有我一个人，所以便采取了自助的形式。面包和饮料都是免费的，请尽管自行取用。"

饮品区设置在靠近柜台出入口的一角，不仅有咖啡和红茶，还有路易波士茶[1]和橙汁。理惠在杯中缓缓注入热咖啡，香味也随之扑鼻而来。

旁边放着一个稍大的竹篮，里面装着各式各样的烤面包，有切成段的法式面包、黑面包、圆面包等。理惠在盘子里拿了两个看上去很香软的圆面包，端着咖啡一起回到座位上。

"我开动了。"

理惠先喝了一口咖啡，可以尝出是自己研磨豆子冲泡的，清爽的酸味和恰到好处的苦味在口中蔓延开来，非常适合早晨。面包的味道非常质朴，吃得出来没有加什么多余的东西。

"久等了，这是土豆炖水芹浓汤，请慢用。"

麻野轻轻地将盘子放在桌上。

鲜艳的绿色浓汤和白瓷材质的深底盘子形成鲜明对比，切成小块的水芹菜散落在表面。将金属制的汤勺放入后，传来水芹菜强烈的香味，理惠迫不及待地舀了一口放入嘴中，汤汁一下子滑过舌头，进入喉咙，舌尖没有留下一点颗粒感，顺滑的不可思议。

---

1. 路易波士茶：rooibos tea 是一种产于南非的饮品，是由豆科灌木、针叶状的抗酸性植物制作而成。有改善失眠、舒缓皮肤不适、预防糖尿病等功效，是完全无咖啡因的天然饮品。——译者注

"真好吃……"

理惠不自觉地发出赞美声，首先感觉到的是土豆绵密而浓厚的香甜味，接着是绿叶蔬菜水芹特有的一点点辣味和苦味，而且水芹菜非常新鲜，就像在沙拉中吃到的一样。汤底应该是鸡汤，完美地配合了蔬菜的味道。

出于工作关系，理惠会在各种各样的店里品尝料理，但这道汤还是赋予了她一种无与伦比的感动。

"太厉害了，为什么水芹菜的香味会如此强烈呢？"

理惠不由地问道，站在柜台内侧的麻野高兴地眯起眼。

"谢谢夸奖。首先用土豆和水芹菜的茎一起制作浓汤，然后将以生水芹菜的叶子磨成的汁加以过滤，最后加入汤中便可。"

"原来是这样，怪不得水芹菜的风味这么浓。"

店内墙壁的黑色板子上还写有关于本日菜单的说明文字。据上面介绍，水芹菜富含矿物质和维生素，有滋补身体及预防贫血的功效。

理惠边听麻野的说明边喝着汤，手完全停不下来。其味道不由分说，顺滑的口感也令人着迷。就连近来对吃东西感到很麻烦的理惠，也能轻易地喝下去。

理惠一忙起来，吃饭就容易不规律，一天只吃一餐也是常有的事，还经常用便利店的便当或营养补充食品打发掉。

快喝完汤的理惠食欲不减，将手伸向第二个面包，虽然这样看起来有点没礼貌，但她还是用最后的面包块蘸上盘底的汤汁一齐放入口中。

"多谢款待。"

饱腹的理惠轻轻地叹了口气，久违地感受到了食物带给身体的喜悦，感觉浓汤好像逐渐渗入五脏六腑，转化为能量。

吃罢，理惠从椅子上站了起来。店里只有她一个客人，也没有放音乐，只有麻野的菜刀发出的声音回响着。

理惠走到饮品区，用新的杯子倒入路易波士茶，接着在收银台前拿了一张店里的名片。名片设计得十分简约，上面印有店铺的名称，以及电话、地址、营业时间等信息。

午餐的营业时间为十一点半到下午两点半，晚餐的营业时间是晚上六点到十点。但并没有写关于早餐营业的信息，她记得免费刊物中介绍店铺的专栏应该也没有刊登。理惠回到自己的座位。

"关于早上的营业没有做宣传吗？"

"早上我想轻松地营业，因为还得准备其他时间所用的食材，人太多的话会忙不过来。"

麻野一边熟练地削着胡萝卜皮一边回答道。理惠想，如果料理这么好吃的话，早间的生意一定会很兴旺吧，不对外宣传真是可惜了。

《IRUMINA》上除了刊登店铺的优惠券，还有专门文字介绍的专栏，理惠非常想把这家店的早间营业写进专栏里。麻野会开始早间营业想必一定有他的理由吧，如果将此作为题目一定会成为一篇很棒的报道。

又在想工作的事情了，发觉到这一点的理惠自嘲地笑了笑。就在想起工作的一瞬，她的身体马上有了反应。

接着胃便感到一阵不适，理惠轻轻摸了摸肚子。

"……嗯？"

就在这时，理会发觉一道人影掠过视线。

柜台的后面是厨房，在厨房旁边的墙壁上有一扇门。就在刚才，那扇门打开了一条缝，有个女孩探出头偷看了一下这边，之后又马上关上了。理惠犹豫要不要问麻野，但又觉得这是人家的私事便作罢了。

差不多快到上班时间的理惠说了结账后，麻野洗了手用毛巾擦干走出柜台。

"真的非常美味，我还会来的。"

"谢谢，欢迎下次光临。"

这不是恭维话，理惠真的还想再来这里。面对毕恭毕敬鞠躬致谢的麻野，理惠微笑着轻轻回了一礼。

但是刚迈出店里，理惠的脚步就开始变得沉重起来。

虽然公司有一大堆工作等着她处理，但只要赶一下的话也不是处理不完的量。让理惠烦心的另有它事，所以她才想早些到公司，在谁都不在的环境下专注地处理工作。

胃变得越来越沉重，理惠停下脚步深深地吐了口气。她昨天在公司丢失了化妆包，从当时的情况判断，一定是某位同事拿走的无疑。

　　理惠制作的免费刊物《IRUMINA》是以餐饮店、美容院等的优惠券为主，刊登新开业店铺的信息及报道专栏的小册子。以办公楼、餐饮店尤为密集的交通枢纽站为圆心，徒步三十分钟以内的区域为主要对象，目标顾客群以二十岁至四十岁的女性为主。

　　理惠毕业于职业学校的设计专业，为了活用所学的知识，进入了现在这家广告公司。最开始承担了一些面向企业设计宣传册的工作，但在三年半前被分配到制作免费刊物的现在所属的部门。自此之后，除了布局设计，还承担着营运、编辑、写作、摄影等一切与制作刊物有关的工作。

　　昨晚，理惠在晚上八点前工作告一段落，准备回家。原本这个时期并非最忙的时候，就算再晚，晚上七点也是可以回家的，但因为这几天工作进度有点拖延，不得不连夜加班，理惠打算回去时部门的四个人都还在公司里。和学生时代的几个女性朋友约好的聚会是在晚上七点半，现在也已经开始了。

　　理惠想着在去之前简单补个妆，从提包里掏出化妆包，化妆包上可爱的绿色波点纹样令她十分中意。

　　《IRUMINA》编辑部设置在楼层里侧的一角，各部门间用隔墙隔开。因此要去位于走廊的化妆室时，必须横穿过其他部门。

就在她要穿过隔墙时，和相邻部门的一位同事视线相撞，对方苦着一张脸，轻轻朝她招着手。理惠将化妆包放在隔墙出口附近没有人用的桌子上，走向那位同事。

"怎么了？"

朝她招手的是刚进公司不久的男性员工，对方眼角湿润，用柔弱的表情看着她，同部门只有他一个人还留在公司。

"突然叫住你真不好意思，但有点事想请你帮忙……"

内容是关于企划书的页面布局，好像在上个月召开的会议上被前辈指出资料做得不好。如何让页面看起来既舒适又简洁虽然是理惠的擅长领域，但因为她还有事所以本想拒绝，可对方一脸快哭出来的样子看着她，理惠也只能留下来帮忙。

在边指着显示屏边指导的过程中，先是她的直属上司今野布美子，接着是同事井野克夫陆续走出了隔间。明明自己才是最先走的，如此想来的理惠突然觉得有些生气。

等教完同事，时间已经过了晚上八点。虽然还不知道资料的完成度，但对方似乎对布局很满意。因为和之前相比已经有了极大改善，如果这样还是会被批评的话只能说明是内容的问题。

"那我回家了，会议加油啊。"

"非常感谢，这样我就可以在前辈面前争口气了！"

听到男性员工坦率的道谢话语，理惠转而想"被依靠的感觉也还不错"。

就在理惠折回去取化妆包时，正好碰到长谷部伊予从隔间出来。

"辛苦了。"

伊予是刚进公司半年的新员工，今年二十三岁，是部门里年纪最小的。性格十分招人喜欢，对工作也很热心，但就是有些粗心大意。

"……前辈，你还没回去吗？"

"突然有点工作……"

不知为何伊予的口气有些冷淡，理惠看向出口旁边没有人使用的桌子，发现化妆包不见了。

"哎？我刚才把化妆包放在这里了，你有看到吗？"

"是你一直在用的那个绿色的吗？"

"对，就是那个。"

感觉伊予的声音比平常低沉，理惠虽有点在意但没有深究。

"……不知道。"

伊予说完便快步走开了，和半常爱亲近人的性格不同，面对突如其来的冷淡态度，理惠一时间不知如何反应，愣在原地。

不过当务之急是先找到化妆包，理惠翻找了桌子周边，还有自己的座位和包包里，全都没有。

"到底去哪儿了呢……"

因为被隔墙挡住了视线，所以在男性员工的位置是看不到这张桌子的。而这个时间整个楼层仍在加班的只有《IRUMINA》编辑部和那位男性员工而已。

换言之，可能性只有一种，就是被某位同事拿走了。

但是怎么会呢，理惠摇摇头，否定了自己的猜想。之后她又仔细地找了一遍，仍旧没有找到。

没有化妆包就没办法补妆，等她放弃寻找，时间已接近晚上九点了，就算只露个脸，聚会应该也赶不上了，而且她现在也没有那个心情。发消息告诉朋友自己不参加后，理惠就回家了。

理惠独自住在一间一居室公寓，从公司到自己住的地方需换乘一次，加上徒步时间总共四十分钟左右。化妆包的事一直在她脑海中挥之不去，让她没心情吃晚饭。简单淋浴之后，理惠打开电视，心不在焉地看着，不知不觉时间已接近午夜零点。

虽然躺进了被窝，但理惠久久无法入睡，忍不住想着化妆包的去向。那是父母去海外旅行时，自己拜托他们从国外的专卖店买回来的名牌限量产品。虽然钱是自己出的，东西也是自己指定的，但因为是父母特意从海外买来的，所以对她来说有着比较特殊的意义。

另外，她买回来用了一段时间后，好像因为某好莱坞女星使用了同款化妆包，这款化妆包的价格涨到了原来的五倍左右，就在今晚她也试着在网上搜索了一下，发现价格仍没有降下来。

明天问问大家吧，或许是有人不小心拿错了也说不定。理惠虽然已经下定决心，但仍然没有困意。胃痛一点点袭来，她用手抚摸着肚子。

虽然有断断续续地陷入浅眠，但理惠还是比闹钟设定的时间早起了一小时左右。于是她决定早些去公司，便迷迷糊糊的出了家门，也因此坐过了站，才有了这次在零吃早餐的经历。

2

电梯的楼层显示屏逐渐接近四层，手表指针指向离上班时间还有十五分钟的位置。电梯门打开，传来熟悉的味道，那是墨水、纸张、电器制品的包装材料等混合在一起的公司特有的味道。理惠向自己所在的部门走去，深呼吸了一下。

"奥谷前辈，早上好！"

"早。"

昨晚她指导过的新人员工向她打了招呼，楼层好像只有他一人，埋惠穿过隔墙，向自己的座位走去。

"啊！"

昨晚丢失的化妆包此刻就放在自己的桌上。

理惠小心翼翼地打开查看，里面是自己用惯了的化妆工具，化妆包下面有一道小小的划痕，是有一次不小心掉到地上造成的。这是自己的化妆包没错，工具也全都还在。

就在理惠茫然之际，伊予进来了，她想也没想赶忙将化妆包藏了起来。

"早，长谷部。"

打完招呼，对方却瞪了她一眼，由于事出突然，理惠不知做何反应，僵在原地。伊予只朝她轻轻点头示意，就径直走向自己的座位，昨晚分别时她的态度就有些奇怪了，但至于她为何这样对自己理惠丝毫没有头绪。就在她犹豫着要不要直接问本人时，她的上司今野布美子走了进来。

"早。"

空气一下子变得沉重起来。

布美子是《IRUMINA》的主编，理惠的直属上司，今年三十七岁，单身，也是公司里年龄最大的女性正式员工，中等身材，长相朴素，妆容也偏成熟风。

"长谷部，你昨天给我的原稿，完全不行，根本无法刊登。"布美子坐下后马上朝伊予的方向说道。

"哎！"

"这间居酒屋的卖点究竟是什么？是氛围、价格，还是料理，每家店都有自己的特色。但从你写的这篇稿子里却完全看不到这点，只是将料理的照片和说明放上去的话，根本无法传达这家店的魅力。你究竟有没有认真地和店里的人商洽？"

布美子将原稿拍在桌上。

"还有文章也是，太不像话了。你大学毕业了吧，为什么还犯初中生水平的语法错误。给我全部重写，你要是一直都把自己当新人，只有给我们添麻烦。"

"对不起……"

伊予从布美子那里接过原稿，回到自己的座位。虽然布美子以前就很严厉，但最近似乎更甚，连说话也带刺。

这时编辑部唯一的男性井野浑身散发着低气压走了进来，他貌似和大家打了招呼，但音量小到几乎听不见，紧接着就传来了布美子的训斥声。

"连打招呼都不会吗？"

"……早上好。"

井野低沉地回答道。井野比理惠小三岁，为人亲切随和，是公司内外女性一致认可的好青年，可是最近不知为何，总是有些郁郁寡欢。

布美子皱着眉头，开始检查伊予提交的其他文件，听见布美子轻微的咂嘴声，伊予被吓得一哆嗦。井野则心不在焉地看着正在启动中的电脑。

理惠小心地观察着同事们的样子，却正好和伊予对上了视线，只见伊予又瞪向了她。

井野是几人中最会活跃气氛的人，布美子虽然原本就对工作很严格，但态度从没有像现在这么尖锐过。两人大约从一周前开始就变得有些奇怪，如今连伊予的态度也变了。

为何职场的氛围会一下子变得这么紧张，理惠完全想不出理由，只能独自叹气。

《IRUMINA》是月刊，每月二十五号发行，校对结束是在中旬左右，编辑部每个月都以那个日期为节点越来越忙。而今天是第一周的周末，通常从下周开始，加班就会逐渐增多。

"井野，喂、井野！"

理惠叫了好几声，心不在焉的井野还是没有反应，直到她摇了摇他的肩膀。

"什么事？"

"上次的资料，你收集了吗，应该是你负责的吧？"

"嗯……"

井野一副心思完全不在这里的样子。

"就是年会上女性喜欢喝的酒水的排名啊，我们不是已经在上次的会议上决定了，要在今天拜访的居酒屋提案吗。"

井野慌张得睁大眼睛，挺起脊背看了眼手表，理惠也瞥了下墙上的钟表，时针指向下午三点。

"对不起，我完全忘记了。我现在……嗯，我一会儿要去跑外勤，等我回来再做可以吗？"

理惠什么也不说地盯着他，感到心虚的井野眼神游离不定。

"不用了，我自己做。"

"对不起。"

井野低垂着头，单手拿包走出公司。若交给现在的井野，不知何时能完成，还不如自己做来得快一些。虽然又要加班了，但也没有办法。

理惠刚回到自己的座位，就听见了布美子那带有黏性的声音。

"《IRUMINA》的核心理念是地区的发展，为此必须刊登那些既能让店铺提高利润，又能让顾客觉得很划算的优惠券。以现在这种半吊子的企划，谁也不会来的。"

伊予再次提交的原稿似乎又被驳回了，布美子的训斥就这样持续了五分钟。得到解放的伊予没有返回座位直接出了房间，过了一会儿还是不见她回来，理惠担心起来，打算去找她，刚到走廊正好碰到伊予从厕所出来。

伊予的眼圈有些泛红，理惠有些担心。

"不要太放在心上，今野小姐最近说话有些刻薄。"

"是我能力不足罢了。"

伊予的语调仍有些生硬，也没有看理惠的眼睛就打算返回座位。

"那个，我做了什么让你不高兴的事吗？"

走过理惠身边的伊予回过头来，突然狠狠地瞪向她，就在理惠不知所措时，伊予低头说道："你去问井野先生不就好了。"

"这是什么意思？"

伊予没有理会她的问题，背过头走向座位。

理惠也跟上去回到座位，只见伊予拿起包，在白板上写下"外出"，就逃跑似的出了公司。办公室只剩理惠和布美子二人，但不一会儿布美子也因为要和印刷公司碰面外出了，只剩独自一人的理惠无奈地看向电脑屏幕。

屏幕上是她正在负责的一家烤肉店的广告，她要做的是给占了整整一页的优惠券宣传报道做设计工作。通常来说，一篇报道只占整个页面的九分之一或六分之一，再大也就三分之一，所以愿意买下一整页的客户对他们来说也是非常难得的。

大部分的设计工作都是其他部门或交给外包公司做的，编辑部的人员几乎不会负责。但由于理惠有着从职业学校毕业以及在以前任职的部门培养起来的经验和技术，是部门内唯一可以担任设计工作的人。

为此，以前就有过因离校对截止时间紧迫，由理惠全权负责调整设计的事情。这家烤肉店的店长要求比较多，如果将设计交给其他部门，时间肯定来不及。而且，由于理惠及时的应对，店长似乎对她很满意，提出了今后设计都交给理惠的要求。

对理惠来说，这样一来就可以及时应对一些比较细微的修正要求。对公司来说，也可以省去委托外部设计人员的经费。要说存在问题的话，就只有理惠的负担会加重而已。

这家个体经营的烤肉店以价格和食材的品质为卖点，已经是第四次刊登广告，因此报道不可避免显得有些千篇一律。由于店长希望可以吸引更多女性顾客来店，所以前几次的对策都着重介绍无烟烤肉，附赠甜点免费的优惠券等。

根据数据显示，由于使用优惠券的女性顾客增多，销售额有一定的增长。店长非常高兴，在昨天的接洽会上干劲十足地表示想吸引更多的女性顾客。

理惠坐在电脑前思考着报道的标语，什么样的标语会吸引年轻女性的兴趣呢。虽然想找伊予商量，但看今天的样子，感觉很难开口。

"这么说起来……"

关于井野和伊予，理惠突然想起了什么，伊予刚进公司不久时，好像对井野怀有好感。

黄金周后公司主办了一次大规模聚会，理惠和伊予及布美子同坐在一张桌子上。井野坐在邻桌接受着来自其他部门女性的关于恋爱方面的提问。

井野显得很害羞，但还是用爽朗的笑容一一回答。井野原本就给人的印象不错，和大部分人都能够聊得很开心。

"我不是草食系的，如果有喜欢的人会主动追求。"

"哎，是吗？真意外，那你喜欢什么样的类型啊？"

"喜欢小孩的女性吧，因为结婚后我想创建一个大家庭。"

"是这样啊。"

"啊，我也很喜欢小孩哟。"

对于井野明快的回答，女性员工们都显得很兴奋。理惠几人则拉着闲话，中途伊予好像一直很在意邻桌。

聚会结束后，理惠和伊予乘坐同一辆电车回家，因为快接近末班车的时间，车内非常拥挤。两人有一搭没一搭地闲聊着，突然，伊予一脸认真地对她说道："井野先生原来喜欢小孩啊，真叫人为难，我最不擅长应付小孩了。啊……我该下车了，前辈，辛苦了！"

因为伊予走得很急，理惠也没办法进一步追问。

但是就理惠所知，在黄金周之后，伊予并没有对井野展开更多的行动。

"说起来……"

理惠想起伊予态度转变那次，她好像向她询问了化妆包的事。那天布美子和井野是在伊予之前回去的，假若两人走之时看到了放在桌上的化妆包的话，拿走化妆包的人是伊予的可能性比较高。因为察觉到了这点，所以伊予才会在第二天早上将其还回来，态度也发生了转变。

感到胃部的不适感，理惠停下了敲键盘的手指。毫无根据地怀疑别人是不对的，理惠对自己说道。

突然，电脑画面停止了，好像是死机了，她等了好久还是不见恢复的迹象。再次启动后理惠连忙确认了资料，发出沉重的叹息声，将近三十分钟的工作都白做了。不适感演变为抽痛，理惠按着肚子闭上了眼睛。

"一起吃个晚饭怎么样，我有点事想和你说。"

理惠一边收拾，一边问井野，时间已经过了晚上八点，伊予和布美子都回家了。虽然没有什么食欲，但理惠不想错过这个机会。

"好。"

井野语气显得有些疲惫，但还是马上答应了。虽然早上已经去过，可理惠还是选择了那家汤店，因为她对零的晚餐也有兴趣，而且如果是汤的话，感觉自己应该能吃下去。

来到店前，井野的表情微微变得开朗。

"这是一家不错的店呢。"

店前放着一个早间营业时没有的支架黑板，上面的文字写着"本店主推健康营养汤。"

一开门便听见一道充满活力的声音。

"欢迎光临！啊，这不是井野先生吗。"

一个染着棕色头发，发型很随意的男性面带笑容地迎接他们，打扮和早晨的麻野一样，清爽的衬衫配长裤，腰间系一条围裙。小麦色的肌肤搭配上翘的发型，外表看上去很像繁华街上的牛郎。

理惠环视店内，没有看到麻野的身影。周五的晚餐时间生意很好，店内坐满了人。

"今天我是作为客人来的，还有座位吗？"

一改刚才阴沉的气氛，井野切换为工作时的社交模式，《IRUMINA》负责这家汤店的正是井野。

"你们真是走运，刚好有客人取消了预约，如果是柜台席的话马上就可以入座。"

在橘红色灯光的照耀下，石灰墙壁也染上了一层暖色。客人大多在二十岁至四十岁之间，尤其女性占比较高，这也和《IRUMINA》的目标顾客层相符。虽然和早上相比更加热闹，却不显嘈杂，同样给人一种很舒适的感觉。

"对了，前段时间多谢您教我网上竞拍的方法，多亏了井野先生，我才买到了一直很想要的东西。"

"能帮上您的忙真是太好了，要是有什么不懂的请尽管问我。"

井野和棕发的男性亲密地交谈着，在工作上不断打交道的过程中产生共同话题是常有的事。

理惠他们被带到柜台席，黑色板子上写着本日的每日一汤是和早晨理惠吃的相同的菜单——土豆炖水芹菜浓汤。

打开纸质菜单，可以看到很多汤的名字排列在一起。

"所有的料理下面都有介绍对健康的益处，很用心吧。"

正如井野所说，所有的料理都有记载主要使用的食材和含有的营养成分。例如中式红花生姜汤下面写着"红花有改善体寒、月经不调的功效"。

饮品以红酒为主，还提供鸡尾酒以及自家酿果酒等，另外还准备了搭配的下酒菜，兼具餐吧的功能。主食也有意大利汤面等，让人不由得眼花缭乱起来。

理惠点了碳酸水以及350g蔬菜浓汤。理由是她看到解说文字中写着这一道菜中包含了厚生劳动省推荐的每天应摄取的蔬菜量，而且圆白菜富含有益胃肠道的维生素U，另外菜单旁标注的自开店以来的NO.1菜品字样也吸引了她。

井野点了新品，是埃及帝王菜[1]加香菜辣味汤、当地产的啤酒和面包以及两小碟料理的晚餐套餐。埃及帝王菜含有的黏蛋白对胃和肾脏有益，而香菜有镇定心神的作用。

店里貌似一共有三名服务员，当中最活跃的就是那名棕色头发的男性，女性顾客都叫他"慎哉君"，每次他一笑着说什么就能看见那些女性愉快地掩口而笑。

最先上来的是饮品、小菜和小碟料理，理惠和井野碰了杯。小菜是芦笋豆腐，小碟料理分别是腌泡的烟熏鲑鱼和法式猪肉酱。

啤酒上面漂着一层细密的白色泡沫，井野很满足似的一口气喝掉了三分之一。

闲聊几句，理惠开始进入正题。

"你最近工作都不怎么专心吧。"

"……果然是找我说这个。"

井野的表情又变得灰暗下来，将啤酒杯放在桌上。

1.　埃及帝王菜：Molokheiya，原产于阿拉伯半岛、埃及、苏丹、利比亚等地，是非洲人非常喜爱的一种营养成分极高的蔬菜，在以埃及为中心的阿拉伯国家的宫廷中作为御膳食用已有悠久的历史。——译者注

"对不起，下周开始我会专心致志工作的。"

"不用道歉，话说，发生什么事了吗？"

"久等了。"

女性店员用托盘端来了两人点的汤，放在桌上。理惠看着白色的法式汤碗，蔬菜有圆白菜、胡萝卜、土豆、芹菜，都切得比较大。端在手里还是挺重的，不过350g指的是加热前的重量，所以应该能全部吃完。

拿起金属制的汤勺，浸到汤里，牛肉被煮得很烂，用勺子也可以毫不费力地断开。理惠满心期待地将金黄色的汤汁含到嘴里。

"晚餐的料理也是一绝啊。"

蔬菜的甘甜和牛肉的浓香完美地融合于汤中，从没有一丝杂味的味道中可以体会到细心的准备过程，喝下去后，香料包散发的清爽香味久久萦绕在口鼻间。

圆白菜几乎没有任何纤维感，吃到嘴里甜味十足，土豆口感绵软，其他蔬菜也都炖得很软，充分吸足汤汁的牛肉更是入口即化。

"这家店的汤果然很好喝，我真后悔为什么没有早点来。"

听到理惠这么说，井野也笑着点头。

"我私下里也经常来。"

埃及帝王菜加香菜辣味汤中放入了大量切得很细的埃及帝王菜，深绿色汤汁给人感觉营养满满。另外，坐在旁边的理惠还可以闻到肉桂、丁香、胡椒等香辛料散发的香味。

"您还满意吗？"

似曾相识的声音传入耳中，抬头一看，麻野在柜台对面向这边轻微点头示意，井野抢先说道："晚上好，麻野店长，今天生意一如既往的好呢。"

"欢迎光临，井野先生，二位认识吗？"

麻野来回看着井野和理惠。

"我是《IRUMINA》编辑部的奥谷理惠，井野的同事，平日承蒙您的关照。"

理惠从座位站起，掏出名片递给麻野，麻野接过后，再次鞠了一躬。

"这次的新菜单也很不错呢，或许可以用来登载在下一期的刊物上。看来您还在不断尝试各个国家的料理呢，不知这次的辣味汤是借鉴了哪国的料理？"

井野好像进入了工作模式，用明快的语气问着。

"是我在埃及料理的基础上想出来的，每次我一按照自己的意愿开发菜单就会被慎哉君念叨。"

"这家伙开发新菜单总是不计成本收支，虽然看到客人喜欢我也很开心，但真的很令人头疼。"

刚好经过旁边的慎哉插了一句嘴，但立马就又忙起来，单手拿着红酒走向其他桌子。

井野的表情一瞬间暗淡下来。

"那个，麻野店长对法国料理也很熟悉吗？"

"我曾经在法国餐厅工作过。"

"事实上，我有点事想请教……"

说完，井野陷入短暂的沉默，接着一口气喝干了杯中的啤酒，这才开口讲述。

井野大约在十天前造访了一家法国餐厅，那天的主菜是一道舌鳎鱼配以奶油酱的料理，但他却怎么也想不起来料理的名称。

麻野将手放在下巴上，歪头想着。

"是 Bonne Femme（好女人）的舌鳎鱼吗，将白色的鱼肉蒸熟再抹上浓浓的奶油酱，是法国的传统料理。"

"Bonne Femme 是什么意思呢？"

"Bonne Femme 在法语里是好女人、好妻子之意。"

听到这个词的瞬间，井野忽然睁大了眼睛，然后低头望向桌子，一动不动地盯着啤酒杯。已经空了的酒杯内侧黏着些许白色泡沫。

"谢谢。"

井野低头对麻野表示感谢，面对井野突然的情绪转变，麻野显得有些困惑。就在这时，听到慎哉的呼唤便转身回了厨房。

"刚才的鱼肉料理怎么了？"

理惠向一直沉默的井野提问道。

"奥谷小姐有考虑过结婚的事吗？"

井野保持俯首的姿势，突然问道。

"这个问题好突然啊。"

理惠一时不知如何回答，拿起碳酸水喝了一口。

刚把杯子放在杯垫上，就看见井野浮现出满脸困苦的表情。

"对不起。实际上……我最近被交往的恋人甩了，可是我都已经考虑要结婚了。我无法专心投身于工作也是这个原因。"

"原来是这样。"

理惠自认为和井野关系不错，但她完全不知道他有了恋人，而且已经发展到了考虑结婚的地步。

"真令人吃惊，不知道对方是什么样的人。啊，对不起，会让你回想起不愉快的回忆吧。"

这时慎哉拿着饮品单走近。

"二位还需要喝点什么吗？"

井野又点了一杯同样的啤酒，食欲增进的理惠点了一杯店里的招牌红酒。慎哉拿起桌上的空杯子走远了，好像是有顾客离开，入口处响起了铃铛声。不一会儿慎哉就拿来了一杯倒满的啤酒和一个红酒杯，赤红色的液体从红酒瓶注入酒杯的过程中，井野一直目不转睛地看着。

"她是个有点迷糊、经常忘东西的人，如果有什么不满意的事就会像个孩子一样闹别扭。"

井野眯起眼睛，嘴角上扬，表情中带着一丝无奈却又难掩高兴，是理惠从没有见过的表情，从中也可以体会出井野是真的很喜欢对方。

"该不会是长谷部吧？"

理惠猜测着说，井野双眼圆睁。

"其实从昨天开始，长谷部突然变得对我很冷淡，我向她询问原因后，她说让我问你就知道了。你有什么头绪吗？"

"完全没有，而且，我交往的对象并不是长谷部小姐。"

井野带着苦笑明确地否认道。

听到有些迷糊又爱忘东西，理惠首先想到的就是伊予，所以才忍不住问出口，看来她的判断完全失误。品尝了一口红酒，感觉稍有些涩味。

两人没有再追加点单，在晚上快十点前走出店里，在地铁入口处道了别。电车载满了乘客，理惠硬是挤了进去。

回到住处的理惠洗完淋浴后，裹着浴巾回到客厅，镜子里映照出她的全身。好像又瘦了，看着自己的身体，理惠心想真是没有女人味。

"做着这个工作还能这么瘦真是羡慕你。"

已经结婚离职的前同事曾这样说过。由于制作都市杂志的工作需要到餐饮店取材，所以经常会在照片拍摄结束后吃掉食物，她曾经甚至在一天之内吃过四碗拉面。布美子也抱怨过自从被分配到《IRUMINA》编辑部后体重直线上升，但理惠是那种工作越忙体重越会下降的体质。

制作免费刊物的业务，是公司内各种人员聚集到一起来推进的，被突然分配到这里的理惠，承担着毫无经验的营运及思考标语的工作。

面对不熟悉的业务，压力也在不知不觉中不断积累，紧随而来的便是胃越来越差。在工作繁忙的时候变得不吃饭也是因为胃不舒服，医生给出的诊断结果是心理性胃痛。

由于工作导致的过度饮食加上压力过重，加速了胃的恶化。她甚至有过在工作间歇冲进厕所，将吃进去的东西全部吐出的经历。

下个月，她要出席小学时代友人的结婚典礼，原本打算穿在大学时代朋友的婚礼上穿过的礼服，但因为是一年半之前买的衣服，尺寸很有可能已经不合适了。

和自己关系好的朋友大多数已经结婚了，井野的问题一直在脑海中挥之不去，眼看快要三十岁的她，并不是没有想过结婚。

理惠从冰箱里拿出罐装啤酒，拉开拉环，刚送到嘴边就感到胃一阵抽痛，只得放弃，马上拿出胃药用水服下。之后，她看了一会儿电视，感到困意袭来便钻进了被窝。

睁开眼睛，床头的电子闹钟指向九点，显示着"SAT"的字样。胃又传来一阵钝痛，桌上还放着打开的啤酒罐，房间里飘散着一股啤酒味。

3

周六的早上，理惠坐上了去往公司的电车。由于思考烤肉店的广告设计以及化妆包的事花费了太多时间，使其他工作都延后了。为了能在下周向各合作店铺发送报道的第一稿，理惠选择了在休息日出勤。但因为压力导致的胃痛，她没能吃下去早饭。

来到公司发现布美子也在座位上。

"你也来了。"

布美子淡淡地说，只瞥了一眼理惠便回到自己的工作当中。

"因为工作进度有点延后。"

理惠简单地答了一句，然后打开桌上的台式电脑。

之后，二人再没有交谈，默默地做着自己的工作。等回过神来时，时间已经接近中午。

"奥谷，你这里拼写错了。"

听到声音回头一看，只见布美子拿着纸杯站在她身后。

"是吗。"

屏幕上显示的是理惠正在负责的婚庆公司的优惠券广告。布美子将纸杯靠近嘴边，指出"Mariege"是错的，正确的拼法是应该是"Mariage"。

"对不起，我不太懂法语……"

其实这是客户发送来的文章，并不是理惠自己写的。布美子坐回到办公椅上，倚着靠背发出嘎吱嘎吱的响声。

"我也只是在大学学了点而已。不过既然不懂，就更应该仔细检查了。像这种细微的错误，如果不在平时就多加注意的话是很难发现的。奥谷你偶尔会犯一些很小的错误，要在日常工作中就培养自己做事细致的习惯。"

"我今后会注意的。"

理惠原本打算全部写完后，再集中检查的。但如果这样反驳回去的话，只会起到火上浇油的效果，所以直接道歉了事。因为很显然，她若是辩解，等待她的只会是布美子更长的训斥。

理惠深呼吸一下，重新将心思集中在工作上。过了一会儿后，她停下手上的活，走出公司，去便利店买了补充营养用的胶状饮料。

不知何时黄昏将近，天空染上了一层淡淡的红色。因公司所在的大楼挡住了视线，从理惠的位置无法看到西沉的太阳。

回到办公室，布美子还是和方才一样坐在电脑前。身后的百叶窗被拉上，只从缝隙里透过几缕细微的朱红色光线。

布美子在工作时基本不会展露笑颜，也不怎么化妆，因此从外表看来可谓和时髦两个字毫不沾边。

"《IRUMINA》的主编大概已经忘记了自己是个女人吧。"

理惠想起曾在茶歇室听到的公司其他女性员工对布美子的评价。

布美子一直都将全身心都投入在工作上，也很受公司管理层的信赖。从创刊之初就遭遇重重困难的《IRUMINA》，布美子从前任主编那里接手之后，不久便实现了盈利。就连公司一位说话轻薄，可以说是在性骚扰边缘游走的董事，也因为一次被布美子当着众人的面说得哑口无言，之后见到布美子都是规规矩矩的。

理惠的目光不经意间落到正在打字的双手上，指关节处的皱纹越来越深。想起母亲曾说过年龄会显现在手上，曾经的她都是一笑付之，然而现在却通过自己的身体切实感受到了。

理惠再次梳理了一下今天所做的工作，当看到关于婚礼策划的文章时，井野的问题再次浮现在脑海中。

"奥谷小姐有考虑过结婚的事吗？"

布美子全神贯注工作的样子让理惠联想到了自己的未来。如果持续现在的生活，将来自己多半也会成为那样吧。一心一意扑在工作上，成为年轻女孩们背地里嘲笑的对象。布美子应该也知道周围人对自己的评价，理惠并不是想否定布美子的生活方式，但对于现在的自己来说，要接受这个事实内心的确还存在迷惘。

"今野小姐……有考虑过结婚的事吗？"

等发觉时，理惠已经问出声了，她连忙用手捂住嘴。

敲键盘的声音消失，房间里一片寂静。因为背对着光，看不到布美子的表情。

"至今为止，我都是全身心放在工作上，今后也是，工作便是我的结婚对象。"

只留下这一句话，布美子又回到工作中。对于问出这种不谨慎的问题，理惠感到很抱歉，但又觉得道歉也不太合适，于是也重新回到工作，房间只剩下敲打键盘的声音。

突然，理惠回想起了年末发生的一件事。

大概在一年前，纪念《IRUMINA》发行三周年那一期校对结束之后，编辑部举行了部门庆祝会。庆祝会上大家玩得都很高兴，于是决定续摊儿。在去下一个地点之前，理惠在化妆间补妆。

"那个化妆包挺好看，在哪里买的？"

听到声音回头看去，只见布美子盯着自己的化妆包，那是她刚开始用那个化妆包的时期。

"今野小姐原来对这一类东西也会感兴趣啊？"

因为和布美子从没有聊过时尚方面的话题，理惠不禁反问道。平时的布美子多穿灰色的西装，用的东西也都很朴素。因此，理惠一直以为她对这些没有兴趣。

"我也会对名牌的东西感兴趣啊。"

布美子噘起嘴，脸颊稍有点红。平常布美子虽然不怎么喝酒，但在三周年纪念会上也显得有些醉了。

理惠说了化妆包是海外限量版，以及在网上被高额竞拍的事后，布美子明显地表现出泄气的样子。因此，认为布美子对流行时尚不感兴趣只是周围人的偏见罢了。

"啊……"

理惠停下操作鼠标的手。如果是表示过喜欢那款化妆包的布美子的话，也可以说有拿走化妆包的动机。突然，胃痛向她袭来，即使一直用手抚摸，也没有转好的迹象。

理惠忍耐了一会儿，但看来是无法继续工作了。

"我先回去了。"

理惠快速收拾好物品，没来得及等到电脑完全黑屏便起身离开。就在她要横穿隔墙走出公司时，突然被前几天帮过忙的男性员工叫住了。

"哎，奥谷小姐也来加班了啊。"

男性后辈正好进入楼层。

"昨天的会议很成功哟，多亏了奥谷小姐，部门的前辈也夸我企划书做的简洁易懂。不过也因此需要着手推进新的企划，有好多活等着我做呢。"

"那真是太好了，不过我已经要回去了。"

明明是休息日上班，男性后辈却一脸高兴的样子，想必正处于享受工作带来的乐趣的时期吧。看到他天真无邪地笑着对自己道谢，理惠觉得那天帮了他是正确的选择。

"说起来……"

理惠想起，昨天早晨，男性后辈是他们部门最早到公司的人。她深呼吸了一下压制住剧烈的疼痛感，叫住了朝座位走去的后辈。

"等一下。"

"怎么了？"

"昨天早晨，《IRUMINA》部有比我更早到公司的人吗？"

"昨天早晨吗？有啊。"

"真的吗？"

"是井野前辈。我是在上班前四十分钟到公司的，电梯打开时正好看到前辈进了厕所。然后就一直没有出来，可能是吃坏肚子了吧。"

理惠醒来看向钟表，时间是早上七点。从床上爬起打开冰箱，但里面空空如也。

她叹了口气，用一团乱的脑袋整理了化妆包丢失一事的情况。

化妆包回到桌上的那天早晨，井野比自己更早到公司。也就是说是井野将化妆包放到她桌上的可能性最大。

虽然她不认为井野会对化妆包有兴趣，但因为井野懂网上竞拍，所以也有可能是他知道那款化妆包在网上被高价拍卖，想拿到网上卖钱。但拿回去后发现底部有明显刮痕，有很大可能会降价，因此又还了回来。

可以确定的是，拿走化妆包的一定是部门内三人中的一个。

理惠也清楚既然化妆包都回来了，没有必要考虑得太严重。但总是忍不住想知道真相，不禁思考同事之中谁才是小偷。

理惠也十分讨厌怀疑工作伙伴的自己。

布美子会指出理惠的错误，将她培养成了能在工作上独当一面的人。井野则在最艰难的时候帮过她无数次，因彻夜工作十分难受时也会给予她鼓励。而伊予，虽然和她相处不过半年时间，但她总是能坦率地接受理惠的指导，对待工作也十分认真。

他们都是理惠重要的工作伙伴，怀疑他们令她感到痛苦。

在睡觉前用药物抑制住的胃痛再次袭来。

她再次喝下胃药，疼痛感虽止住了，但总感觉胃沉甸甸的。毫无食欲的她从昨天中午之后就什么也没吃。考虑到明天还要工作，即便是强迫自己也应该摄入一些营养。

"如果是汤店的话，应该可以吃得下。"

理惠想起了那仿佛渗入五脏六腑的温暖的味道。虽然在周日还要坐上和去公司一个方向的电车有些让人提不起劲儿，但她实在很想念零的味道。简单打扮一番，理惠便出了家门。

朝着汤店的方向，理惠在离公寓最近的车站坐上电车。坐在空位上，她拿出手机打开新闻网站，周日的电车内，不再受制服束缚的少女们穿着自己的衣服开心地交谈着。

出站时间是早上八点，尽管是周日的商业区，街道上仍有不少人流。由于徒步范围内紧邻大型综合商业大楼及商店街，《IRUMINA》在这个区域从来不担心缺少可以取材报道的店铺。

踩着沉重的脚步走在街上，理惠想如果回去时有心情的话，可以去服装店逛逛。从宽阔的大路拐进昏暗的小巷子，从远处看到那栋有些老旧的建筑时便传来一股不祥的预感，因为没有闻到汤的味道。

站在店门口的理惠茫然地看着大门。

"完全忘记了……"

门上挂着写有"CLOSED"的牌子，透过窗户看去，店内也没有光亮。位于商业区的餐饮店，其主要顾客群是公司职员，因此在公司休息的周日很多店铺也不会营业。大概是因为太累了，她连这么普通的常识都忘了。

虽然可以去别的店，但理惠的脑子已经停止转动，用药物压制住的疼痛再度袭来，她蹲在有些昏暗的店门口，深深地叹了一口气。

"你没事吧？"

听到男性的声音，理惠转过头去，看到麻野从远处有些担心地望着她。

"麻野先生！"

可能是因为突然站起的关系，理惠感到一阵头晕，就在她站不稳差点跌倒的时候，麻野飞快地抓住胳膊扶住了她。

"对、对不起，我没事。"

和纤瘦的外形相反，麻野的手臂竟然很有力气。感到有些害羞的理惠脸颊发热，连忙离开麻野。虽然脚步还有些不稳，但勉强可以站立，她一边掩饰着自己的失态，一边开口说道："今天是店里的固定休息日吧，我完全忘了这回事，不小心来了。"

"对不起，本店周日不营业。"

麻野手里拎着超市的购物袋，穿着一件卡其裤，上半身搭配衬衫和一件休闲外套。一身茶色系装扮，很有秋天的味道。

"这是经常来店里用餐的奥谷小姐，快打声招呼。"

理惠这才发现有个小女孩躲在麻野身后，听到麻野的催促，女孩上前一步，向她鞠了一躬。

"初次见面，我是麻野露，父亲承蒙您的关照。"

震惊于麻野有女儿的事实，理惠吃惊地看着这位少女。

看上去应该是小学三四年级，长度及腰的黑发给人以深刻的印象，眼睛细长，黑眼珠占了很大比例，显得灵动有神。虽然五官和麻野并不是很像，但浑身散发的温和的感觉和麻野一模一样。

这时理惠想起她好像见过一次露，以前有一次，有个小女孩从门里探出头窥视过店里。

"你好，小露。"

跟露打完招呼，理惠又感到一阵胃痛。

"那么我会在营业时间再来的，再见。"

理惠努力保持着微笑的表情，轻微地点了点头，想快速离开这里。

"那个，不好意思。"

就在她刚转身打算离开时，却被露叫住，她回过头来。

"我爸爸一会儿要在店里做早餐，所以，那个，姐姐也和我们一起吃吧。"

露眉毛微皱，一脸担心地看着理惠。对于这突然的提议，理惠一时不知该如何回答，麻野也在一旁有些吃惊地看着露。

"但是打扰你们父女俩的独处时间我会很过意不去的。"

露拉了拉麻野的手臂，用恳求般的眼神询问麻野。

"爸爸，不行吗？"

之后露在麻野耳边小声说了些什么，麻野眉毛上挑，慢慢地点了点头。

"如果奥谷小姐没有不方便的话，我没有关系。"

麻野看着理惠，等待理惠的回复。虽然刚刚拒绝了一次，但她很想知道麻野会做什么样的家庭料理。可能是这个原因吧，理惠的视线不由地瞟向麻野手中的购物袋，察觉到这一点的麻野将购物袋提起来说："因为我昨晚已经准备得差不多了，所以不会花多少时间。今天要做的是店里菜单上没有的料理。"

听到是菜单上没有的料理，理惠动心了。

"那么就麻烦了。"

理惠再次表示谢意后，父女俩同时露出一副犹如小狗般亲和的笑容。

露坐在了墙壁一侧的桌式席位上，于是理惠在她对面坐下来。父女两人是趁着早上散步，顺便去早市买了食材回来。

坐下之后不久麻野准备了路易波士茶，香甜的味道顿时充盈在鼻尖。露则用吸管喝着橙汁。

向露询问年龄后得知她今年十岁，也就是说现在应该上小学四年级或五年级。麻野大概在三十到三十五岁之间的样子，也就是说他是在二十岁出头时有了女儿。

"你有一次从厨房偷偷看店里了对吧。"

面对理惠的问题，露羞红了脸。

"实际上我一直都是在店里吃早餐的，平时早上基本没有人，但那天看到姐姐你在所以有些惊异……"

早晨的营业果然没有什么客人，如果能再宣传宣传就好了，理惠遗憾地想道。

露转头看着父亲在柜台内侧忙碌的身影，为了不挡住她的视线，理惠移动到了露斜对面的椅子上。

"你喜欢爸爸做菜的样子吗？"

听到理惠这么问，露有些害羞地缩起身体。

突然，飘来一股炖蔬菜和肉的香味，不一会儿麻野端着托盘过来。

"久等了，这是香肠蔬菜炖肉。"

麻野将一个耐热玻璃制的汤碗放在桌上。

面前的料理看起来和前几天在店里吃的浓汤很相似，区别只是用了牛肉还是香肠。清透的汤里放着切得比较大块的圆白菜、胡萝卜、土豆、芹菜，不知道是不是错觉，理惠感觉自己的比露的那份放有更多圆白菜和芹菜。

"不是pot-au-feu（蔬菜牛肉浓汤），而是potée（蔬菜炖肉）吗？"

"虽然很多时候人们以使用牛肉的是pot-au-feu，使用猪肉的是potée来区分这两种料理，但实际上并没有明确的标准，这两个词都是源自法语里意指锅的词语。而今天的料理我使用的是猪肉汤汁，由于店里的菜单上已经有蔬菜牛肉浓汤，所以我并没有给客人做过蔬菜炖肉。"

等桌上摆上三个汤碗后，麻野坐在了露的旁边。

"我开动了。"

露双手合十说完之后，用汤勺舀起汤汁放入口中，缓缓喝下后，露出满面笑容。

"爸爸的汤果然最好喝了。"

"那真是太好了。"

麻野看向女儿的视线，比平常添了几许温柔。

"我也开动了。"

理惠拿起汤勺，将蔬菜炖肉放入口中。

"哇，完全不一样呀。"

金黄色的汤汁虽然看着和蔬菜牛肉浓汤很像，但香肠中的肉豆蔻和熏制的香味融合在汤中，使味道变得更加鲜明。

香肠嚼在嘴里能感觉到外面的脆皮轻轻弹开，从里面溢出肉汁。理惠接着把用汤勺轻轻一戳便能轻易切开的圆白菜放入口中。

"哎？真不可思议，感觉和我第一次在早餐时吃的浓汤味道很接近。"

最明显的区别在于蔬菜的味道。前几天吃的蔬菜牛肉浓汤中的蔬菜将原有的野味完全除去，只保留了蔬菜的甘甜味。但是今天的蔬菜炖肉里却保留了蔬菜的野味，吃在嘴里，舌尖可以感觉到一丝轻微的苦涩味。

麻野有些不好意思地挠了挠脸颊。

"被你识破了啊，其实我每天早间营业提供的是每日一汤的试验品，之后经过细微的调整，再变成午餐之后的每日一汤的菜单。所以说早晨的料理更接近于家庭料理，或许不是什么可以端给客人的东西。"

的确，晚餐吃到的汤，无论是盐度、烹煮时间，还是食材的营养搭配，感觉都是职业料理人经过严密计算怀着紧张感制作而成的。

但早间营业时吃到的汤还有今天的蔬菜炖肉，总有一种家庭的味道。要说不是那么用心可能太不好听，但正是这种略显粗糙的味道却让人有无比安心的感觉。

一边吃着，理惠问出了心中的疑问。

"为什么要在早间营业呢？"

因为平常的工作习惯，听着有点像采访的口吻。

"为了让像奥谷小姐这样的人吃到我做的料理。"

"像我……这样的吗？"

理惠没想到话题会转到自己身上，不解地歪着头。

"在这附近的商业区工作的人普遍都很劳累，由于工作太忙，应该有很多人都没有好好吃饭吧。在这种时候，最容易被遗忘的就是早餐。但实际上，为了能够健康地度过一天，早餐是必不可少的。因此，我才会想给这些身体劳累的人提供能让他们感到安心的早餐。"

麻野流畅地说道，一定是在开店之时，确立了明确的理念吧。

"那只做汤的原因是因为容易消化吗？"

像这种汤菜类的食物及长时间炖煮的食材，即便是体力低下的理惠也能轻易吃下。她想麻野选择汤一定是为了和自己一样身体疲惫不堪的人吧。

"爸爸做的汤就算是身体不舒服的时候，也能轻松吃下。"露代替麻野回答道。

麻野高兴地用手掌去摸女儿的头顶，但露红着脸躲开了父亲的手掌。理惠正要将芹菜送入口中时，麻野开口说道："芹菜在欧洲被人们当作可以消除疲劳的药草，希望能对奥谷小姐有帮助。"

"……谢谢。"

理惠身体不舒服大概已经通过脸色及行动表现出来了，所以露和麻野才会邀请她一起吃早餐。

不注意饮食管理的话，不仅是胃，对整个身体都会造成伤害。吃饭就是生活本身，随着年龄的增长，理惠深切地体会到了这一点。

　　将汤含入口中，似乎能感受到麻野的温柔。闭上眼睛深呼吸，感觉身体一点点放松下来，不知何时，理惠发觉胃已经不痛了。

4

　　吃完早餐，露站起来笑着对理惠说："我还有事要出门，理惠姐姐你可以多待一会儿。爸爸，之后拜托你了。"

　　接到露的示意，麻野微笑着点了点头。露将三人的餐具撤下，走进柜台内侧的那扇门。二层好像是他们的住所，通过厨房旁边的楼梯连接。

　　"要再喝一杯路易波士茶吗？"

　　理惠点头后，麻野从厨房端来茶壶和自己的杯子，将红褐色的液体注入二人的杯中。

　　"今天打扰到你们的休息，真是非常抱歉，也谢谢您的好意。"

　　"不用客气。"

　　麻野喝了一口茶后，直直地看向理惠的眼睛。

　　"奥谷小姐看上去很疲惫的样子，如果方便的话，能不能和我说一下理由呢，说不定说出来会变得轻松一点。"

　　"但是，那也太麻烦……"

　　理惠本想要拒绝，但胃再次阵阵作痛。不但在休息日招待她吃了早餐，还要倾听她诉说烦恼，对此理惠感到非常过意不去。但是听到麻野温柔的话语，理惠产生了想对他倾诉出来的想法。

理惠将这段时间发生的事一五一十地说了出来，麻野一直认真地听她讲着。说得差不多后，理惠咬着下唇停顿了一小会儿。

"……怀疑他们让我很痛苦，不论是谁结局都不会圆满，因为大家对我来说都是同甘共苦过的工作伙伴。"

全部说出来后，理惠感到阴郁的心情似乎有一点点明朗，胃痛也似乎有些减轻了。拿起杯中的路易波士茶喝一口，已经完全失去了热度。

"非常感谢您听我诉说。"

理惠向麻野深深低下头。店里的时钟指向早上九点半，想着不能再给麻野添麻烦了，理惠打算起身告辞。

"那么，麻烦结账吧。"

"不用付钱的，不过，要不要再聊一会儿呢？"

"但是……"

听到麻野这么说，理惠虽有些犹豫但还是重新坐好。麻野再次向杯中注入热茶，热气飘散开来。

"选择汤是因为它是一种可以高效地吸收营养的料理方法，但这只是理由之一，还有一个原因是我个人非常喜欢汤。虽然料理完成后看上去只是普通的液体，但由于每个菜谱的食材以及火候大小等不同，其味道会产生无穷无尽的变化。所有食材结合在一起创造出的那一滴液体中，可以说包含着人生百味，这也是最吸引我的地方。"

"啊……"

虽然这番话很有深意，但理惠完全不懂麻野想表达什么意思。大概是察觉到理惠的疑问，麻野苦笑着说道："不好意思，有些偏题了。我想说的是，无论味道多么复杂的汤一定有对应的菜谱，也就是说，无论什么样的结果都一定存在会产生这一结果的理由。"

麻野喝了一口茶，直接看向理惠的眼睛。

"一直困扰理惠小姐的问题的真相，接下来就由我来揭开吧。"

面对这一突然的事态，理惠一脸惊讶地看着他，而麻野则依然保持微笑径自开始说明。

"首先请回想一下你的后辈长谷部小姐突然变得冷淡起来的事情。"

按照麻野的指示，理惠回想起那天发生的事。

部门的四人中理惠准备最先下班，但被相邻部门的后辈叫住，于是她将化妆包放在了谁都没有在用的桌子上。由于隔墙的阻挡，理惠所在的位置看不到放化妆包的桌子。

在进行资料指导的过程中，理惠依次看到布美子、井野离开了公司。指导结束后，理惠返回桌旁打算拿回化妆包。

就在这时碰到了正要下班的伊予，之后便发现化妆包丢失。伊予的态度发生变化就是从这时开始的。

"从结论上说，长谷部小姐应该看到了井野先生拿走化妆包的场景。"

"拿走化妆包的果然是井野吗？"

在想起井野明朗的笑容那一刻，理惠感到胃再次抽痛起来。

"鉴于化妆包回到你桌上那天早晨的情况，肯定不会错。不过，长谷部小姐是不是知道那个化妆包是理惠小姐的东西呢？"

理惠经常和伊予谈论流行时尚相关的话题，所以伊予应该知道那是自己的东西。看到理惠点头，麻野继续说道："长谷部小姐很有可能对井野先生怀有好感。但看到井野先生拿走化妆包，长谷部小姐恐怕是产生了误会，即奥谷小姐和井野先生是在下班之后也会见面，并转交私人物品的关系。"

"但是井野为什么要拿走我的化妆包呢？"

麻野用茶润了一下嗓子继续说明。

"在解开这个问题之前，先绕个小弯吧。井野先生因为和恋人分手，烦恼到工作也没心思做。从时间上考虑，关于Bonne Femme（好女人）的问题，也一定和恋人有关。"

那天井野说他去一家法国餐厅吃了一道名为 Bonne Femme（好女人）的料理。从井野的年龄推断，如果不是和家人一起的话，和异性同去的可能性最高。

"和井野先生一起用餐的女性大概是以 Bonne Femme（好女人）为契机转变了态度。由此推测对方一定是一位对法语有所了解的人。"

井野的恋人是一位会法语的女性。

"顺便插一句，开餐饮店捡到顾客遗忘的东西是常有的事，而化妆包是女性最容易遗忘的物品之一，本店也遇到过好几次客人将化妆包遗落在卫生间的事。我猜想，因为井野先生交往的女性与奥谷小姐使用同一款化妆包，所以井野先生才会误以为是女友遗落的，因此拿走了吧。"

按照麻野所说，也就意味着和井野分手的女友当时也在那里。

"但是没有这样的人……啊！"

理惠突然想起有一个会说法语的人，在指出"Mariage"这一单词拼写错误时，曾提到她在大学里学过法语，而且也表示过想要理惠同款的化妆包。

"也就是说，和井野君分手的恋人，是今野小姐吗！"

理惠不由自主地计算了两人的年龄差。井野现在二十六岁，而布美子是三十七岁，也就是说两人相差十一岁。

"但是，不会吧，今野小姐和井野君竟然是？啊啊！"

"年龄差距比较大的恋情不是很美好吗。"

麻野用平静的口吻，不知为何有些害羞地说道。

理惠一边努力使自己平静下来，一边梳理着至今发生的事情。

虽然不知是何时，但井野和布美子开始了交往。不过两人并没有公开这一事实，毕竟大家在同一个部门工作，或许年龄的差距也是理由之一。

就这样在某一天，两人去了一家法国餐厅，作为约会地点是很常见的选择。因为在工作中会接触到很多餐饮店，因此可以想象他们选择的一定是一家不错的餐厅。

当时服务员上了一道鱼肉料理，并将菜名 Bonne Femme 告知了他们。从那时开始布美子的态度便产生了变化，因为她知道 Bonne Femme 有"好妻子"的意思。

"是这样啊，今野小姐听到 Bonne Femme 的菜名后，不由地想到了她和井野君的未来。"

麻野静静地点了点头。井野在以前公司举办的聚会上说自己喜欢孩子的时候，布美子就坐在附近。对已经三十七岁的布美子来说，孩子这个字眼肯定会在她心里掀起不小的波澜。现实就是，随着女性年龄的增加，能够怀孕及平安生育的可能性会越来越低。也就是说，和布美子结婚，只会离井野理想中的家庭形态越来越远。

因此二人分手了，想必是布美子先提出的吧。

井野和布美子开始交往应该是黄金周后那次公司聚会之后的事情，不然的话，二人在那次聚会上就会分手。

"井野先生应该还是忘不了今野小姐，拿走化妆包想必也是为了制造和她说话的理由。"

井野在桌上发现化妆包之时，布美子已经离开公司了。他误以为是布美子落下的，于是将化妆包装进自己的公文包走出公司。

谈到恋人时的井野，脸上露出了理惠从未见过的爱恋的表情。如若他在发现化妆包时也露出那种表情的话，也难怪伊予会误会了。

两人在交往的话肯定有机会看到对方的化妆包，说不定布美子的化妆包就是井野买的。虽然那款化妆包很难买到，但只要在网上拍卖中愿意出高价也不是不可能。或许正因为是自己拍下的，才会记得式样。

"那个包我用了很长时间了，井野君还是没能发现是我的啊。"

"毕竟化妆包这种东西男生不会太在意……"

拿走化妆包后井野联系了布美子，但却被告知那是理惠的东西。他想要还回去，但却不能让理惠知道是自己拿走的，因为若是被问起理由，他和布美子的关系就会暴露。

井野一大早便来到公司，将化妆包放在了理惠的桌上。然后，为了不让大家看出是自己放的，直到上班时间都一直躲在厕所消磨时间，而他走进厕所的时候正好被相邻部门的男性后辈看到了。

麻野站起来，从厨房端来水，理惠拿起喝了一口，冰凉的口感让她顿时觉得浑身畅快。

"总结起来说，就是我被卷进了情侣间的争吵中，对吗？"

"恐怕是这样。"

现在理惠终于可以理解布美子烦躁的理由了。虽然井野对布美子的心意的确不假，但布美子的顾虑也并非没有道理。

令她烦恼了这么久的谜题，麻野却轻轻松松地解开了。得知答案的理惠深深地呼出一口气，比起什么也不知道独自痛苦，她感觉心里轻松了许多。

"真的非常感谢！"

面对低头道谢的理惠，麻野摇头说道："事实上，是露拜托我，让我帮忙解决奥谷小姐的烦恼。"

"露吗？"

看着惊讶不已的理惠，麻野点了点头。

"那个孩子对他人流露出的感情……尤其是痛苦的情感非常敏感。所以她在我耳边偷偷告诉我，奥谷小姐一定怀抱着某种烦恼，让我帮助你。"

露在邀请理惠一起用餐时，在麻野的耳边说了些什么，一定是那个时候吧。

"另外，露从几天前便看出奥谷小姐的胃不舒服，很是担心。所以今天的蔬菜炖肉，我在奥谷小姐的那份里多加了圆白菜和芹菜。"

露在几天前第一次见到理惠的时候，就察觉到了她胃不舒服。理惠想直接向露表达谢意，但露并不在这里。不过露说过，她平时都在店里吃早餐。和露一起吃的早餐，一定非常美味吧。理惠在心中祈祷着能够再次在早间营业时来到这家店，并和露一起享用早餐。

5

"竟然这个时间也在营业啊，我完全不知道。"

伊予很稀奇似的打量着店内。

"你在别的时间段来过吗？"

"晚餐时间来过几次，这真是一家不错的店，汤健康又好喝，慎哉君也很帅。"

在零的早餐时间邀请人一同前来还是第一次，周一早上的店里，客人只有理惠她们二人。

"欢迎光临，我已恭候多时。"

麻野将二人领到离门最远的桌式席位上，理惠向伊予展示了饮品区和装有面包的竹篮，并解释了早餐的营业机制。之后理惠选择了酸味较强的橙汁，伊予倒了一杯咖啡，还拿了三个面包。

上周五晚上举行了井野的欢送会，地点在一家以主打海鲜类食物的居酒屋，他们包下了一间铺榻榻米的日式单间，参加人数大概有三十人。布美子在第一摊结束后就回去了，但理惠和伊予还参加了第二摊，大概在晚上十点左右回家，井野则被几个男性同事拽着去了第三摊。

从麻野那里得知真相后，理惠并没有采取什么特别的行动。只是努力配合大家的工作，还有就是尽量让办公环境变得开朗起来。

知道真相的几天后，井野来找理惠说有事商量，两人约在零碰面。开始井野迟迟不肯开口，于是理惠便开门见山地问他是不是关于布美子的事。可能是没预料到两人的事情被发觉了，井野惊讶地张大了嘴。

理惠鼓励井野将自己的心情坦诚地告诉布美子，过后，不到半个月时间两人便重归于好了。和理惠猜想的一样，布美子也对井野念念不忘。

"挑唆井野君的是你吧，真没看出来你是个这么爱管闲事的人。"两人和好后布美子对理惠发牢骚道，听完，理惠得意地扬起嘴角。

"今野小姐明明在工作时很干练，但平时好像很爱丢三落四呢。"

布美子的脸颊转眼间烧得通红。

据井野所说，布美子经常丢三落四，将化妆包落在井野家也不是一次两次了。可能正因为这种有些粗心大意的性格，她才会在工作上加倍绷紧神经吧。

布美子皱起眉头，嘟囔道"看我一会儿怎么收拾他……"，但最后还是小声地对理惠说了句"谢谢"。

两情相悦的两个人走到一起虽是好事，但却带来了意想不到的副作用。井野离开了现在的公司，去了一家规模更大的公司。

在送别会上，井野偷偷告诉理惠说等他那边的工作安定下来，就正式办理结婚登记。理惠由衷地祝福两人即将开启新生活。

"这里的面包可以吃到小麦的味道，感觉在汤来之前我会全部吃光。"伊予的声音听起来很精神，完全没有失落的样子。

井野找她商量过后，在取得井野同意的基础上，理惠向伊予说明了真相。伊予最开始虽然有些茫然，但不久便为两人加油打气起来。

一向很活泼的伊予，在怀有好感的男性面前反而会变得安静下来。

她从进公司后便一直偷偷仰慕井野，但却没有采取任何行动。在送别会上伊予也表现得很开朗，用她的话说是"只是觉得不错而已"，可事实如何只有她本人知道。

"让二位久等了，我今天准备了比较特别的汤。"

纯白色的浅口盘中盛着看上去很顺滑的蔬菜浓汤，表面撒着切碎的荷兰芹，略带橘色的乳白色液体给人一种温暖感，蔬菜的甜味飘散在空气中。

"这是法国的家庭料理 Bonne Femme 浓汤，主要材料是土豆、胡萝卜，以及芹菜、韭葱等芳香蔬菜。"

不觉抬头一看，只见麻野脸上浮现着小孩恶作剧般的笑容。

理惠今天会带伊予来吃早餐的事在几天前就告知了麻野，看来他还记得三个月前发生的事。

"我开动了。"

将浓汤含入口中的瞬间，笑容不自觉地在脸上绽放。口感非常细腻，胡萝卜特有的苦味被土豆柔和的甘甜味完全盖住了。浓稠的口感一直停留在舌尖，可以细细回味浓汤的味道，黑胡椒的加入也为口感增添了一道点缀。

浓汤的味道让理惠联想到了最近的布美子。

布美子原本就因为有能力反而经常和周围的人发生冲突，在和井野的分手事件中也突出了这一点。

55

然而最近一段时间，布美子发生了很大的转变。虽然在工作上仍然很严格，但言行当中多了一丝圆润，也懂得了体谅关怀他人，这是以前的布美子所不具备的。

　　"这个味道简直让人停不下来呢。不过话说回来，Bonne Femme 是什么意思啊？"

　　心情不错的伊予提问道。理惠听了麻野的推理后，特意用字典查了一下 BonneFemme 的意思，bonne 在法语里是"好"的意思，是 bon 的阴性形式，femme 有"女人""妻子"两种意思。

　　因此，两者合起来既可以指代好女人，也可以指好妻子。

　　而且，对于一边投身工作，一边下定决心与心爱之人走向婚姻的布美子，理惠认为现在正是她最为美丽闪耀的时刻，而且自己也想变得和她一样。

　　"我们也成为好女人吧。"

　　理惠拿起装着橙汁的杯子，虽然她很想用酒杯干杯，但不能一大早上就喝酒。伊予虽表现得有些不可思议，但还是端起了咖啡杯。

　　"那是当然！"

　　玻璃杯和咖啡杯发出清脆的碰撞声。

　　理惠从厨房边的拉门缝隙里看到了露的身影，她和露已经有好几次共用早餐的经历了，但面对初次见面的伊予，露还是表现得有些紧张。

　　"露，早上好，一起来吃吧。"

听到理惠的声音，露带着腼腆的笑容从门里走出来。伊予则惊讶地大声说"这个小女孩好可爱"，把露吓了一跳。期间麻野一直温柔地注视着女儿。

"那个……早上好！"

露的声音回响在店内，慢慢融入早晨清澈的空气中。

第 二 章

维纳斯知道一切

1

清爽的奶油汤中奢侈地放入大量花蛤，贝壳中的花蛤肉不仅肉质饱满，个头也很大。汤里有切碎的胡萝卜、洋葱和菠菜。

白瓷质地的盘子呈横长型，表面十分光滑，轻微反射出光辉。在主要以白色墙壁装饰的店内，白色的餐具显得很搭。

零今天的早餐是蛤蜊浓汤，经过烹煮的花蛤其浓郁的香味充斥在店内。用勺子舀起放入口中，长谷部伊予不禁发出满足的叹息。

"哇，今天也是这么好喝。"

花蛤肉质饱满，嚼在嘴里肉汁不断溢出。菠菜似乎是可以生吃的品种，只是轻微地过了一下火，保留了清脆的口感，且最大限度地发挥了冬季蔬菜特有的甜味。另外，没有使用鲜奶油而是新鲜的牛奶这点使得口感非常清爽，非常适合早上。

没有 BGM（背景音乐）的店内非常安静，只有麻野在柜台内侧准备料理时菜刀发出的声音。

"椎名前辈有没有觉得力量在慢慢涌出啊，花蛤和菠菜都富含铁，感觉对贫血非常有效……啊，你这是怎么了？"

对面的座位上，椎名武广正流着眼泪。

只见他眼睛下方有着大大的黑眼圈，边吸鼻子边看着眼前的汤。以白色墙壁和深棕色木材为基调的店内，和早晨清爽的空气相结合，充满着闲适的氛围，但只有椎名周身环绕的空气显得格外沉重。

"蛤蜊浓汤是她的拿手料理……"

"哎，是吗。"

看来她完美地踩中了他的痛点，伊予回头看去，店主麻野正站在柜台内侧一脸担心地望着这边。

雫是一家用精选的健康食材，以易于吸收的汤的形式提供料理的餐厅，营养均衡搭配的菜谱及药膳等料理特别受工作忙碌的工薪族——尤其是都市白领的欢迎，从午餐到晚餐时间生意都很好。

但实际上，雫还有一段秘密营业时间。

那就是工作日早上的早间营业。

菜单只有一种，就是每天都不重样的每日一汤，面包和饮料采取免费自助形式。除了偶然发现或由认识的人介绍，没有其他的方法知晓这家店。伊予是通过公司的前辈奥谷理惠知道这里的。

自此之后，伊予彻底喜欢上了这里，以大约每周一次的频率造访。特别是因工作感到非常劳累的早上，就会尤其想念雫的味道。这次伊予也是认为椎名一定会喜欢便带他来了，不过看似每日一汤的时机选得不对。

"但是，这是长谷部特意带我来的店，我会好好吃完的。"

椎名动作缓慢地喝着汤，身上已经没有了曾经那种自信满满的感觉。

椎名是比她大两届的大学前辈，和伊予同样属于合气道部。超过180厘米的身高，挺得笔直的脊背和肌肉发达的身躯让他显得比实际上更为魁梧。已经毕业五年的他现在在一家经营食品的进口代理店担任营业人员。

"你要多吃点啊，不然的话又会晕倒了。"

"是啊。"

将蛤蜊浓汤含入口中的一瞬，椎名小声地发出"啊"的声音，之后便专心致志地重复着同一个动作。看上去很合他的胃口，伊予不由得会心一笑。在吃到一半左右时，椎名的手停住了。

"这个蛤蜊浓汤已经很好吃了，不过，我还是比较喜欢星乃特制的蛤蜊浓汤，因为鲜奶油的味道更浓一些，毕竟那是她在纽约到处品尝比较后，制作出的最正宗的当地味道。"

"是吗，真想尝尝啊。"

和专业料理人竞争这一点很像椎名的风格，他从前就是这种不服输的性格，不拿第一名决不罢休。

突然麻野的菜刀声停止了，听到客人评价说普通人的料理比他做得好吃，或许伤害到了他作为专业料理人的自尊。伊予有些担心地回头看去，只见麻野只是有些不可思议地歪着头，似乎并没有感到不快的样子。

时间到了七点半，伊予发现露还没有从楼上下来。麻野的女儿露一般会在早上的营业时间到店里吃早餐。

零的早间营业从六点半开始，结束时间大概是八点到八点半。实际并没有明确的时间规定，会根据客人的数量和天气等灵活调整。

麻野一家就住在楼上，露到了七点多就会下来，在店里吃早餐，然后赶在到校时间八点二十分之前，步行到距离这里大约十五分钟路程的小学上学。但今天到了七点半也不见露，难道是睡过头了吗？

"我还记得她做蛤蜊浓汤给我吃是第一次来我家的时候……"

这时椎名突然开口道。

椎名如此失落的理由在于失恋，他的恋人二阶堂星乃在一月末突然失踪，自那之后，大约一个月椎名茶不思饭不想，在浑浑噩噩的状态下度过。终于在三天前，由于营养不足和重度失眠在工作中晕倒了。

椎名晕倒的消息通过社交网络迅速传到了伊予的耳朵里。另外，又因为椎名所在的公司离伊予工作的地方很近，为了让椎名打起精神来，伊予想到邀请他吃饭。知道他晚上经常加班很忙，又经常不吃早餐，所以伊予便干脆将地点定在了早间营业的汤店。

"她既聪明又懂得体谅别人，真的是个很好的女孩子。"

星乃在一家杂货店打工，那家杂货店正好是椎名的客户，在共享关于畅销商品信息的过程中，两人逐渐情投意合，开始了交往。

星乃今年二十五岁，一个人生活。因为非常喜欢美国那种怀旧的小玩意儿，梦想将来开一家杂货店。为此，她一边工作一边为了梦想而努力着，还曾短期留学去纽约学习外语。

之后椎名对星乃的夸赞更是滔滔不绝，丝毫没有停下来的迹象，伊予边在心里表示佩服边问道："椎名前辈，看来你真的很喜欢星乃小姐啊。听你刚才说她做的蛤蜊浓汤很好吃，那她还有其他拿手料理吗？"

"星乃只来过我家一次，我也只吃到过那一次她亲手做的料理。在当今这个时代，她这么纯真的女孩子真的太少见了，只是拉一下手她便会羞得满脸通红。"

数月之前，在大学社团的女性毕业生聚会上，大家也提到了椎名新交往的恋人。

听大家说，星乃外表清纯，给人一种很有教养的世家小姐的印象，据说就算是盛夏也很少穿暴露肌肤的衣服。伊予听到这些特征便立马理解了，椎名从大学时代开始，相比较伊予这种服饰和妆容都比较花哨的女孩子，更喜欢朴素一点的女孩。

在聚会上，甚至传出了椎名和恋人已经交往一年，但仍然保持着清白的男女关系这种非常隐私的信息。当时她虽然不太相信，但现在看来极有可能是真的。

伊予鼓起勇气问起星乃消失的理由，椎名沉默了一会儿后，才用沉重的语气回答道："我们两个交往了大概十个月的时候，我向她提出想带她去见我父母的想法。"

椎名是真心以结婚为前提和星乃交往，因此才想介绍给父母认识。

他说完之后，星乃突然哭了起来，椎名当时以为是喜悦的眼泪所以没有多想，但在那之后便突然联系不上星乃了，她不仅辞掉了杂货店的工作，还搬出了租住的公寓。

说完事情的经过，椎名深深地叹了口气。看一眼手表，快到上班时间了，他从座位上站起身，看着伊予露出了微弱的笑容。

"让你担心了，这里真是家不错的店呢。"

"这家店早间营业的目的就是为了让身心疲惫的人恢复精神，很适合现在的前辈。对了，下次一起去参加联谊吧，说不定能遇上新的缘分，然后重新振作起来！"

椎名缓缓地摇了摇头。

"抱歉，我暂时没有那个心情。因为星乃是我……命中注定的人。"

"嗯，命中注定的人吗？真好。能遇到一个让自己如此想念的人，真羡慕你。"

看到椎名有些害羞的笑容，伊予觉得他真是个笨蛋。

椎名走出店内，他蜷缩着的背影，感觉比大学时代小了很多。

椎名的背影完全消失后，伊予叹了口气，然后一言不发地坐了许久。注意到快到自己的上班时间了，她穿上淡粉色大衣准备离开。在结账的时候，伊予问麻野："今天怎么没看到露啊？"

"应该已经上学去了，早餐在店内吃还是在楼上吃我都是由着她的。在长谷部小姐用餐的时候，我已经把早餐送到楼上了。"

"原来是这样啊，椎名前辈身材很魁梧，也难怪露会感到害怕。"

"啊，并不是那样……露她很怕生，所以偶尔会有像今天这样的情况。虽然她本人也很想改正。"

麻野嘴上虽然否定着，但从表情上可以看出其实他内心也是这么想的。

"没关系的，毕竟椎名前辈可是一个眼神就能吓退小混混的人。那今天多谢招待了。"

走到店外，冷空气如同针扎一般扑在脸上，冰冷入骨，今天在二月当中也是气温很低的一天。伊予捏紧了大衣的袖口，吸入一口空气，顿时感到寒冷从肺部由内而外扩散开来。

2

下一周，伊予和理惠一起在午餐时间来到了汤店雫。

虽然和理惠在数月之前关系一度变得有些紧张，但问题解决之后两人的距离反而一下子拉进了。理惠性格认真又独立，且工作非常努力，这是公司内外所公认的。

进入公司即将迎来第二个年头的伊予，基本的工作都是理惠教她的。但理惠偶尔也会表现出缺根筋的一面，伊予很喜欢这样的理惠，在心里偷偷将她视为姐姐一般的人。

理惠穿着灰色的双排扣大衣，脖子上围一条大红色围巾，从轻盈的步伐中可以看出她心情不错。二月的空气寒冷刺骨，伊予觉得被冻僵的手指有些发麻。

来到汤店前，理惠边从窗户向内看去边小声说道："好像已经没有位置了。"

"是吗？他家生意还是这么火啊。"

伊予一推店门，店内的嘈杂声便随之传入耳朵，虽然现在刚过中午十二点，但店里已经坐满了人。

"欢迎光临，啊，奥谷小姐，伊予，你们好！"

"慎哉君，今天也在努力工作呢。"

店内随处可见慎哉忙碌的身影，虽然季节是冬天，但小麦色的肌肤和细长的眉毛还是让人不由得联想到牛郎。加上他那能随意和女性顾客开玩笑的大大咧咧的性格，对伊予来说也许是一个很好的聊天对象。

听慎哉说他和麻野已相识多年，就像亲兄弟一样。因为觉得在名字后面加敬称听上去很死板，所以希望麻野叫他"慎哉君"就可以了，而且不只是对麻野，只要有一定交情之后他对每个人都会这么说，所以店内的女性顾客多半都叫他慎哉君。

理惠伸长脖子环视店内，但并没有看见店主麻野的身影，应该是在后厨专心做料理。给其他顾客端上饮料后，慎哉来到她们身边，双手合十做道歉状说道："刚刚位子全都满了，如果要等的话可能需要很长时间。"

没办法，她们决定打包回去吃。慎哉只是简单说了句"抱歉"就继续忙活去了。

伊予和理惠坐在入口旁边的外带顾客专区看着菜单。而早间营业时放饮品和面包的地方到了中午则变成了外带顾客取餐专区。

伊予点了玉米浓汤和套餐 A，包括面包和每日都不一样的两道菜品，今天是蔬菜杂烩和腌制炸带鱼。

看理惠很难决定，伊予便向她推荐了今天的每日一汤。

"难道你今天早上已经来过了吗？"

"来这里吃饭的话，我一日三餐都没问题。"

今天的每日一汤是西兰花浓汤，西兰花很适合在冬天吃，在欧洲有"营养宝石之王"这一不知是好听还是难听的称号。

理惠最终还是听从了伊予的建议，点了每日一汤和套餐 C，套餐 C 没有面包，取而代之的是沙拉和迷你甜点，看上去非常健康，今天的菜品是水菜拌葡萄柚沙拉和黑芝麻慕斯。

点完单数分钟后，兼职的女性店员开始打包料理，这时等待领取外带食物的客人已经排成了一列不短的队伍。

伊予和理惠走出店里，寻找能坐下午休的地方。

公司附近的商业区虽高楼林立，但楼与楼之间有好几处公园，她们走了三分钟左右，找到一处只有秋千的小型公园，看到长椅上没人，便并排坐了下来。

银杏树叶早已经掉光了，透过干枯的树枝可以看到冬季的天空被一层灰色笼罩。手中的汤透过容器温暖着被冻僵的手指，一打开盖子便冒出白色的热气，传来一股玉米的味道。

"我开动了。"

纸质容器中装着黄色的玉米浓汤，用一次性塑料勺子舀起一口含入口中，浓厚的香味便蔓延开来，咽下去后，通过热度可以感觉到从喉咙下降到胃的过程。鲜奶油的量似乎并不是那么多，所以完全不会觉得油腻，玉米粒外侧的脆皮咬起来也很舒服。

"'雫'的玉米浓汤简直是天下一绝，虽然每日一汤也不错，但基础菜单也很难舍弃啊。"

"是啊，我也很喜欢，但今天的浓汤也不错哦。"

理惠看上去很幸福地喝着西兰花浓汤。

伊予想起了今早吃到的味道，她原本不太喜欢西兰花的涩味，但奶油的味道完全包裹住了西兰花的味道，而且口感非常顺滑，所以她不觉得讨厌。咽下去时完全感受不到西兰花的纤维，从这一点也可以看出麻野烹饪的用心程度。

"麻野先生究竟为什么会在早上营业呢？"理惠突然开口说道。

"难道不是为了让我们这些工作很忙的上班族恢复精神吗？"

这是以前理惠告诉她的。伊予环视公园周围，可以看到不少穿着西装的公司职员，伊予工作的这一带商业区，净是些疲于工作的上班族。

"我是想知道，他为什么会想为我们这样的人提供早餐呢。"

"你对麻野先生的事还真是很上心呢。"

伊予半开玩笑地说道，理惠马上红着脸缩了缩脖子，急忙岔开了话题。

"对了，你之前提的那位前辈怎么样了？"

伊予已经对理惠说了椎名的事。

"虽然比之前好一点，但脸色还是有点差。"

伊予边转头说道，边吃了一口蔬菜杂烩。煮得很烂的蔬菜渗透着番茄的味道，章鱼柔韧的口感起了很好的调节作用。

椎名似乎很喜欢零的早餐，今天早上也和伊予一同到店里吃了早餐。虽然他还没有从失恋的打击中完全恢复过来，但零的汤似乎可以吃得下去。

"椎名前辈真的是个很麻烦的人，从上学时就经常给别人添麻烦，还特别容易冲动，也因此经常纠纷不断。"

"他是会出手打架的人吗？"

听到理惠不安地询问，伊予向她说了椎名在夜总会引发骚动的事件。

那是一年多以前，椎名和公司的上司一起去了夜总会。椎名虽然不擅长应对打扮艳丽的女性，但因为是直属上司的邀请，所以没能推掉。

到店里后，椎名虽然不是很开心，但还是同陪酒女郎闲聊着。就在这时，他听到离自己很近的座位上传来一位中年顾客纠缠店里女孩的声音，喝得烂醉的中年男性向女孩倾吐着人生的教训，但说着说着就发展成了诽谤中伤，椎名实在听不下去了。

"大叔，你适可而止一点吧，快向那个女孩道歉。"

椎名加以警告后，中年顾客也反驳起来，两人互不相让差点动起手来。就在一触即发之际，从后台走出几位身强力壮的店员，椎名几人被强制请出店外。

"这件事是椎名前辈自己告诉我的，还一副很骄傲的样子，对引起骚动没有一丁点儿反省的意思。而且因为看到他帮助的那个女孩身上有刺青，还劝诫人家说'为什么不珍惜从父母那里得来的身体'。真不知道他是怎么想的。"

"那长谷部你是怎么看待你这位前辈的呢？"

"从外表看还算我喜欢的类型，性格嘛，其实也不是个坏人。"

伊予耸了耸肩。理惠喝完浓汤，正在咀嚼沙拉。水菜连尖端也很脆，葡萄柚的果粒晶莹剔透，两种食材看起来就很新鲜，理惠边吃边露出幸福的笑容。

"但是前辈喜欢的是那种既认真又稳重，而且头脑好的女孩子，我这种类型的一开始就不在考虑范围之内。"

椎名的老家好像是地方上的名门，自小便接受了严格的教育，据说作为继承人，还曾因为交往的对象没有达到父母的要求而被迫分手。

"椎名前辈之前交往过的女友也都是那种贤妻良母的类型。"

"那种类型的女孩很受男性欢迎呢。"

"是啊，往往看上去越文静的女孩，就越不缺男友呢。"

两人意见达成一致后，伊予重新审视了一遍理惠。服饰简洁而利落，有着一股不输于男性的凛然之感。女性一旦散发出工作能力很强的气质，男性就会很难靠近。虽然理惠有一位上司满脑子都是工作，一副对恋爱没有兴趣的样子，却交到了比她小很多又帅气的男友，但那是例外中的例外。

理惠也和伊予一样观察着她。

伊予留着亚麻色的短发，做成很蓬松的形状，着重突出眼线的妆容给人以花哨的印象。虽然在联谊活动上清纯系更受男性喜欢，但伊予似乎并不打算改变现在的风格。

"那前辈觉得麻野先生怎么样啊？不过，他好像已经结婚了。"

"麻野先生的妻子已经去世了。"

"是这样吗？"伊予惊讶地反问道。

"是露告诉我的，所以不会有错。真的很令人悲伤呢。"

"原来如此。"

伊予喝下最后的玉米浓汤，因为刚才只顾着说话，汤已经完全失去了温度。看到理惠抬头望向天空，伊予也不禁抬头看去，被摩天大楼包围着的公园只能看到很小的一片天空，目光转回公园，一阵残风卷着枯叶飞向高空。

距离椎名和伊予第一次在雫见面已经过了一个月。

随着气温逐渐回升，椎名的身体状况也在转好，但情绪依然很低落，伊予还是时常邀请他到汤店。

露也逐渐习惯了椎名的存在，开始变得会在店内吃早餐，但椎名还没有自信能和小孩子相处，所以两人从来没有说过话。

星乃为什么会失踪呢？伊予思考着星乃失踪的理由，从椎名的话中判断，两人应该相处得很愉快。就目前的状况来看，她甩了椎名的可能性最大，但是有必要辞掉工作且变更住址吗？伊予怎么也想不通。如果能知道星乃消失的理由的话，椎名或许就可以彻底放弃她。

她再也看不下去椎名那副萎靡不振的样子了，因此伊予决定自己调查星乃的事情。

她把椎名给她的星乃的照片附在邮件里，写上"我在找一个人，有没有人知道照片中的女孩？她是椎名前辈的前女友"的文字，向认识的人群发出去。但返回的结果都是"不知道""不认识"，并没有得到有价值的信息。

接下来，伊予利用休息日，一个人去了星乃以前打工的杂货店。

杂货店位于从民营车站出来走路五分钟的位置，小小的店面装饰成乡村风，据称是从美国进口的杂货、文具及有机食品等密密麻麻地摆放在店内。店长是一位身穿纯色棉衬衫、口齿伶俐的女性。伊予询问她关于星乃的事，店长皱起眉头说："她突然辞职不做了，一些老顾客也感到很遗憾。"

伊予告诉她椎名晕倒的事之后，店长便向她详细地说了星乃的事情，由于工作上的联系，店长也知道椎名。

星乃在这里工作了一年左右，她不仅上进心强还很会接待客人，因此客人对她的评价也很高。

但是从店长的话中伊予找到了一处矛盾点，据椎名所说，星乃精通外语。但实际上她的英语甚至称不上流畅，只是可以借助表情和动作应对来店里购物的外国客人的程度。

伊予询问完走出店里时，感到手机震动了一下，是在联谊会上认识的男性回复的消息，上面写着"我曾见过和照片中的女人很像的人"。

伊予立马拨打了对方的电话，在响了几声后传来男性的声音，伊予简单地问候几句便进入正题，随后男性语气随意地解释道：

"其实我在夜总会见过一个和照片中的女孩很像的人。"

"夜总会吗？"

男性说和照片上的女孩长得很像的陪酒女郎曾接待过他，伊予凭直觉判断应该不是同一个人，但又想到星乃失踪后也有去做陪酒女郎的可能性。她听男性继续说道，他受到那名女郎的接待是一年多以前的事。

陪酒女郎的花名是茜拉，男性曾指名过她几次，但她现在已经辞职不干了。

伊予接着询问女孩的特征，男性回答道："连基本的社会常识都没有，脑子很笨。胳膊和腿上文着凤蝶的文身。"听到这里，伊予完全丧失了再问下去的兴趣，因为这和椎名口中的星乃简直判若两人。

最后男性询问伊予之后的安排，她随便应付了一下就挂了电话。

将手机放入包里，伊予抬起头叹了口气。

"我这是在做什么啊，还跑到这种地方来。"

由于她是第一次来这里，眼前是完全不认识的街道风景，呼出的气体变成白色慢慢扩散开来。

伊予上班的路上有一条两边全是樱花的道路，如今樱花已经结出花苞。自椎名和伊予开始一起吃早餐已经过去了两个月。

在早上七点，伊予在两人约好的时间到店里时，椎名已经先到了。

现在的椎名变得可以正常进食，身体也恢复得差不多了。虽然没有了在汤店吃早餐的必要性，但伊予还是每隔几天就会邀请椎名。

"我突然想起了关于星乃的一件事。"

最近两人见面多是闲谈，椎名已经很久没有提起关于星乃的话题了。

那是和星乃在一次约会中发生的事，两人走在繁华街上时，穿着高跟鞋的星乃突然重重地摔了一跤，椎名伸出手想拉她起来，但星乃只是用手按住脚踝迟迟没动。

星乃疼得整张脸都扭在一起，但依然说着没有关系，没有抓住椎名伸出的手。因为袜子的关系，椎名也无法判断她的脚是否肿了起来。

看着疼得流汗的星乃，椎名劝她最好去医院检查一下，可星乃坚决表示拒绝，还丢下一脸担心的椎名，一个人乘着出租车回去了。

椎名虽然对星乃的态度感到气愤，但第二天就收到了星乃的道歉短信，内容是自己脚踝的骨头有轻微裂痕，因为过于疼痛脑子有些混乱，才对他态度很差。几天之后再见到星乃时，她的脚踝上还缠着绷带。

"的确是有点奇怪。"

如果很疼的话，不是更应该接受椎名的帮助吗？但星乃却完全不听椎名到医院拍摄 MRI（核磁共振）的建议，只是一个劲儿地摇头。

食材被放入加热的平底锅中的声音传来，店里顿时散发出炒蔬菜的味道。早间营业时间同时也是准备的时间，麻野总是手法娴熟地准备着一天要用的食材。

伊予一动不动地注视着椎名喝汤的动作。

就像正在交往中的恋人一同迎来崭新的一天一样。

想到这里，伊予立马摇了摇头打消心中的想法，但脑海中依旧清晰地浮现出了高三的夏天——那个蝉声作响的公园的情景。

"怎么了？"

"没，没怎么。"

大概是注意到自己盯着他看，椎名皱起眉头。听到伊予似乎别有意味的回答，椎名不快地噘起了嘴。

几天后，伊予在家休息时，突然接到椎名的电话。

"星乃回来了！"

"真的吗？她至今为止都去哪儿了？算了，先不说这个，总之太好了！"

听着电话那端椎名略带哽咽的声音，伊予自然地说出了祝福的话语。

"多亏了你一直在身边鼓励我，我才能等到星乃回来，下次一定好好感谢你。"

"不用谢的。"

椎名不断地说着感谢的话，伊予只好借口说还有事挂了电话。放下电话，她深深地呼了一口气。

最开始，她真的只是出于对椎名的担心。

但随着见面次数的增多，曾经对椎名怀抱的感情也一点点苏醒。在决定调查星乃的时候，一半是为了让椎名打起精神，还有一半其实是为了自己。然而如今，这份感情已经无法实现了。

在眼泪掉下来之前，伊予扑倒在床上把脸深深地埋进枕头里。

3

简直完全符合椎名喜欢的那一类型呀，这是伊予初次见到星乃的印象。言行举止都非常文雅，喝茶的动作也很有修养。

椎名和星乃并排坐在伊予的对面，麻野和平常一样准备着料理，柜台席那里是偶然在早上来店的理惠，和露并排坐着享受着早餐。

作为对伊予的谢礼，椎名原本想预约晚餐时间大家吃一顿饭，但因为工作上突然有些事情要处理，还有星乃也对早间营业感兴趣，因此吃饭时间紧急变更为早上。

星乃面露怯色地开口说道："其实我遇到了交通事故。"她在消失前被车撞了，虽然生命没有什么大碍，但身上留下了很大的伤疤。

星乃在进入雫之后，多次用手抚摸左肩，被长袖衬衫遮住的那里留有事故造成的疤痕，从肩膀到手臂的划破伤大概有十厘米的长度，脚踝上也留下了红色的擦伤痕迹。

听到医生告知会留下疤痕，星乃的大脑变得一片空白，她以为椎名一定不会接受带着丑陋伤痕的自己，才默默离开了他。

但是，虽然离开了，星乃却无法忘记椎名。就在这时，她从杂货店的店主那里听说了椎名晕倒的消息。伊予去杂货店调查后，星乃为了对自己突然辞职这件事道歉联系了店主。所以说伊予的调查也间接地促成了二人的复合。

星乃虽然知道自己这样做很任性，但还是在时隔三个月之后联系了椎名，并将情况都告诉了他。得知这一事情后，椎名表示并不介意伤疤，重新接纳了星乃。

"我听武广先生说，这段时间长谷部小姐非常照顾他，我也想当面向您道谢，给您添了麻烦，真的非常抱歉。"

星乃对伊予深深地低下头，眼角浮着泪花。

"因为这种事而消失，星乃真是个笨蛋。"

椎名神情悲伤地笑着说道。

"因为武广先生曾说过喜欢肌肤漂亮的女性……"星乃低下头说。

　　"我怎么可能因为一点伤疤就讨厌你呢，你的全部我都接受，所以以后有什么事都要坦诚地告诉我哦。"

　　"……嗯。"

　　像是计算好时间一样，星乃刚点过头，麻野便端来了汤。

　　"久等了，这是西班牙风味海鲜西红柿汤。"

　　麻野将三人份的陶瓷汤碗放在桌上，瓷器边缘的部分装饰有几何形状的花纹。

　　番红花独特的甜香味强烈地飘散出来，西红柿汤里融合了番红花的黄色，食材有虾、花蛤、鱼肉等，红色和黄色的甜椒加以点缀更能诱发食欲。

　　"那么，我开动了。"

　　伊予马上尝了一口，西红柿的酸味配上海鲜的香味这一已经被大家普遍接受的组合，由于番红花那略带蛊惑性的独特香味，使得这碗汤完全展现出了另外一番风味，鱼肉也非常柔软。据店内黑色板子上的文字介绍，番红花含有一种叫番红花醛的香味成分，有抵御寒冷的作用。

　　另外，酸味可以刺激食欲，伊予几人在谈笑间便不知不觉地吃完了。

　　用餐结束后麻野从厨房出来。

　　"不知今天的汤各位还满意吗？"

　　"我平常就很喜欢西红柿料理，但如此感动还是第一次。"

"能让您满意是我的荣幸。"

伊予忽然想起椎名满怀自豪地说过的话。

"星乃小姐很会做蛤蜊浓汤吧？"

"她做的蛤蜊浓汤最棒了，怎么说也是正宗的当地味道。"

听到椎名这么说，星乃连忙在一边为难地摇摆双手。

"根本没有那么厉害，只是在留学时到处品尝了一番。"

谈话就这样愉快地进行着，到了椎名他们离开的时间，趁着椎名去卫生间的空隙，伊予对星乃说道："祝两位永远幸福，椎名前辈可是完全认定你了，还一本正经地说出你是她命中注定的人这种令人害羞的台词。"

"谢谢，武广先生对我来说也是……命中注定的人。"

椎名回来后，两人手牵着手走出了店里。目送着两人的背影，伊予心中充满了疑惑，对于伊予祝福的话语，星乃露出了幸福的笑容，但在那之前有非常短暂的一瞬间，她好像很悲伤似的垂下了目光。

因为距离上班还有些时间，伊予便和理惠说了一会儿话。

"搞出这么多事情，到头来两人还不是黏得那么紧。真是无语了，约我见面也肯定是为了在我面前秀一波恩爱，虽然被撞受伤是挺可怜的。"

"感觉是个很文静的人呢。"

理惠不轻不重地评价道。

"麻野先生，你觉得那个人怎么样？"

"可以遇到能形容为命中注定的人，真是一件美好的事。"

麻野神情温柔地扬起唇角，看来这里没有人一清早就陪伊予发泄牢骚。

这时，露突然开口说道："……那个人，看起来非常痛苦。"

"什么意思？"

"特别是在解释受伤的事情时，她看上去痛苦极了，说不定，她在掩饰一个很悲伤的谎言。"

听到露的话，伊予露出困惑的表情，麻野和理惠也是同样的反应。

"露，不可以轻易说别人在撒谎哦。"麻野用严厉的口吻说道。

遭到麻野训斥，露不满地嘟起嘴唇。

"但是我也一样，在说谎的时候，表面上会装作很普通的样子，但内心却很痛苦。所以我想那个人可能也和我是同样的心情。"

"的确，二阶堂小姐或许感到心里有愧也说不定，但是人都有自己不得已的情况……啊！"

伊予从麻野的话里听出了端倪。

"麻野先生，什么叫心中有愧，星乃小姐真的在说谎吗？"

由于伊予和椎名经常来这里吃早餐，因此麻野对二人的情况也基本了解。麻野略显尴尬地避开了伊予询问的目光。

"非常抱歉，我不能随便传播顾客的个人隐私……"

虽然知道作为服务业人员，麻野的态度是理所当然的，但伊予依旧没有让步。

"那至少给个提示吧！"

麻野轻轻地叹了口气。

"那我就破例提供一条线索。有没有和椎名先生有过接触，并文有文身的女性？请允许我只能说到这里了。"

伊予的脑海里闪现出陪酒女郎茜拉的名字，麻野似乎后悔说了出来，沮丧地垂着肩。

由于快到上班时间，伊予和理惠走出店里。

来到公司后又开始了日常的业务，下班后伊予马上打了一通电话。

"前几天谢谢你提供的信息，我想知道你那时告诉我的茜拉小姐工作的夜总会的名字。"

回到家后，伊予马上换上运动衫，在卫生间卸了妆，取下隐形眼镜，换上在家里戴的有些土气的眼镜。向母亲询问今晚的晚餐后，听到了汉堡这一令人兴奋的答案，距离开饭还有些时间，伊予在自己的房间里翻阅着时尚杂志。

书架上排列着杂志以及工作中要用到的和设计相关的各类期刊。但是还有一个从高中开始一直使用的书架上则堆满了少女漫画。

伊予从小学至高中一直都沉浸在漫画的世界里，和时尚、偶像等话题完全沾不上关系，属于既认真又不起眼的那类女孩子。因为现实中没有恋爱可言，便更加憧憬少女漫画里的相遇情节。

然而某一天，伊予身上真的发生了一件几乎让人无法相信的事。

那是高三的暑假，伊予一个人在公园散步时，被不良少年缠住了。

一头金发的男子一副自来熟的样子上前搭讪，想叫伊予一同去卡拉 OK。伊予拒绝了好几次，对方还是不肯放弃，后来甚至抓住她的胳膊想强行拽她去，伊予吓得惊叫时，突然从背后传来一个声音。

"她不是说了不愿意吗？放开她！"

回头一看，只见一个身穿运动服的青年怒瞪金发男，他个子很高，肌肉体质，脸有点像人气漫画里的主人公，年龄在二十岁左右。大概是看到青年的背包里装着类似柔道服的东西，金发男乖乖地离开了。

"非……非常感谢。"

青年连名字也没有留下便离开了，但伊予却记住了他背包上绣着的大学名称。

查了偏差值后，发现比自己的第一志愿报考学校稍高出一些，并设有自己想学习的学科。因为考试日程也和其他学校错开，伊予决定当作纪念报考试试。虽然她内心并没有真的想着可以和青年重逢，但打开录取通知书的一刻，第一志愿学校和保底学校均没有考上，却只有那所大学合格了。

从收到录取通知的那一刻起，伊予便开始期待和青年的重逢，但她觉得自己现在这副土气的样子对方肯定不会理睬自己，于是开始练习化妆，花掉所有的积蓄买来好看的衣服，最后拿着从时尚杂志上剪下来的一角到理发店，请理发师为自己剪成和图片上一样的发型。就这样，在上大学之前，伊予把自己从头到脚包装了一番。

因此在大学社团招新活动上再次见到那名青年——椎名武广时，伊予打从心底里相信。

——这就是命运。

回想起酸甜的记忆，伊予自嘲地笑了。

吃完晚饭后，伊予冲了个澡，在房间往脸上拍着化妆水，接着打开一瓶灌装碳酸酒，一口气喝下一半左右。

椎名并不记得伊予，但她还是毫不犹豫地加入了合气道部。可就在第二周，她便得知椎名已经有女朋友的事实，而且他的女朋友还是和数月之前的自己一样，看上去还没有摆脱"土气"的类型。

她虽然也产生过退出社团的想法，但因为自己也乐在其中便决定坚持下来。在班上她已经属于比较会打扮的女孩的团体，因此很难回到原本不起眼的样子。

之后她自己也交了男朋友，椎名就变成了普通的前辈。她慢慢觉得命中注定的恋爱什么的只是自己想多了，也为那样想的自己感到羞愧。

然而毕竟是令自己产生过那种想法的人，不可能简单地忘掉，因此她才会特地到不认识的地方调查星乃的事情。如果星乃真的在欺骗椎名的话，伊予无论如何也不能原谅。

4

伊予发信息给椎名说有关于星乃的重要的事情告诉他，约他在零的晚餐时间见面。椎名挤出工作时间从公司直接来到零，因此还穿着西装，而且看上去不是很高兴。

两人先点了喝的，两杯乌龙茶上来后，伊予切入正题。

"星乃小姐在谈到留学的话题时，有提到过番茄风味的汤吗？"

面对伊予的问题，椎名摇了摇头，看着预料之中的反应，伊予继续说道："奶油风味的蛤蜊浓汤被称为波士顿做法，但是除了波士顿做法之外，还有一种意大利移民经常做的番茄风味的蛤蜊浓汤。"

"你在说什么啊？"

"番茄风味的蛤蜊浓汤被称为曼哈顿做法，而曼哈顿地区位于纽约市对吧。"

椎名露出莫名其妙的表情。据麻野所说，在美国加牛奶的做法更为大众化，因此即使在纽约，波士顿做法也已经成为主流。但是曾在纽约留学，而且非常喜欢西红柿料理的星乃却不曾提到曼哈顿做法，这非常不自然。

"星乃小姐真的在纽约留学过吗？"

"什么？"

椎名的表情变得可怕起来。伊予从包里拿出平板电脑，用手指操作了一会儿，画面上出现一张在夜总会拍摄的照片，照片中是一名男性客人和几名陪酒女郎，伊予将其中一位穿白色裙子的女性扩大后给椎名看。

"你不觉得这名女性非常像星乃小姐吗？"

"她的妆太浓了，而且星乃也不会穿这么花哨的衣服，只是身形比较像罢了。"

"你再仔细看看她的肩和脚踝的地方。"

椎名在看到伊予手指着的地方后脸色突变，照片中的女性左肩和脚踝上分别文着不同样式的凤蝶，这和星乃告诉他的因交通事故受过伤且留下疤痕的地方一致。

椎名像逃避似的低声说道："的确，她们都在同样的地方……"

很少穿暴露皮肤的衣服一方面是为了留下清纯的印象，但最重要的原因是不能让椎名看到她的文身。

正是因为知道椎名不喜欢有文身的女性，星乃才说了谎。

面对陷入沉默的椎名，伊予向他解释起了消除文身的方法。

面积小的话可以通过激光消除，但会留下像烧伤一样的痕迹。而面积较大的文身则需要通过手术去除，需要将整块皮肤切除后再进行缝合。

这种方法虽然可以完全消除文身，但代价是会留下缝合的痕迹，而且如果是大面积的文身则需要分成数次做手术，因为需要重复先切除一部分等皮肤长出来，然后再次切除的过程。

"皮肤完全恢复并定型是需要时间的，一般是两到三个月时间。"

从椎名晕倒到星乃再次出现经过了两个月时间，足够消除较大面积的文身。

椎名弓着背，低下头一言不发，背影看上去非常渺小。

这样一来，椎名就会明白星乃在说谎了，伊予也正是如此期望着，才会将事情告诉他的。可是看着眼前椎名的样子，伊予不知为何感到一阵心痛。

"失礼了。"

麻野走过来，将两人份的汤放到桌上。从带有把手的略大的汤碗里，飘散出海鲜类食物的香味。

汤的颜色清透，里面放了切碎的蔬菜和许多贝壳类水产品。他们还没有点餐，伊予带着疑惑的眼神看向麻野，只见麻野温和地笑着回她。

"这是罗得岛州风味蛤蜊浓汤，是我的赠品，请不要客气。"

"蛤蜊浓汤？可是……"

"虽然知名度很低，但这是在美国一个很小的州人们经常吃的，既不加牛奶也不加番茄的第三种蛤蜊浓汤。因为进到了一批质量上乘的硬壳蛤，所以试着做了一下，虽然都是双壳贝，但美国的蛤蜊浓汤使用的不是花蛤，而是硬壳蛤。"

汤中的贝类比花蛤还要大上一圈，看上去和文蛤很像。

"请慢慢品尝没有加入多余味道的贝类原本的味道。"

麻野轻轻鞠了一躬后走开了。

伊予将蛤肉与汤一起含入口中，她还是第一次吃硬壳蛤，里面的肉虽然很厚但很柔软，味道较淡，大概介于文蛤和花蛤之间的样子。

而汤也充分吸收了蛤蜊的精华，似乎能感受到潮水的味道，由于没有加入牛奶或番茄，食材原有的味道更加凸显了。

伊予最近仍在调查星乃的事情。

她先是到茜拉工作过的夜总会打听，又重新去了一次星乃工作过的杂货店，最终在找到椎名的上司了解情况后，她终于知道了一切真相。

椎名曾在夜总会救过一名被醉酒的顾客纠缠的陪酒女郎，那名女郎的花名正是茜拉，也就是现在的二阶堂星乃。

星乃在那件事之后便辞掉了夜总会的工作，没过多久就开始在杂货店上班，因为她知道那家杂货店是椎名的客户，因此想在那里重新邂逅椎名。她心里明白如果继续做陪酒女郎的话，椎名是不会和她交往的。

星乃向夜总会的常客——椎名的上司求助，椎名的上司也愿意帮助她，将关于椎名的事情毫不保留地告诉了她。

星乃从椎名的上司那里打听到了椎名的喜好，也知道了椎名不喜欢文身的事。为了引起椎名的注意，她不仅伪造了自己的经历，甚至连言行举止都变了一个样。

椎名低垂着头一动不动，看样子是被真相彻底击垮，连话也说不出了。伊予真的不想看到椎名这幅悲惨的样子，因为她所向往的椎名总是抬头挺胸，充满自信的样子。

椎名重重地将汤碗放到桌上，店内回荡起巨大的金属声。

"你该不会想说要和星乃小姐分手吧？"

"啊？"

椎名抬起头，脸上满是困惑的表情。

"根据我的调查，茜拉根本就没有多少文化，但星乃小姐却通过努力学习，达到了能和杂货店的外国顾客勉强沟通的水平，为了成为前辈喜欢的类型，她肯定付出了巨大的努力。"

最初的确是为了引起椎名注意而编造的谎话，但是真的和椎名交往之后，为了将自己的谎言变成事实，星乃拼命地学习。

但她同时也感到了强烈的罪恶感，所以当椎名提出结婚的话题时，她再次认识到椎名想象中的自己与真实的自己之间的差距，害怕自己真实的一面被知道后遭到拒绝，所以她什么也没有说便仓皇逃离了。

过了一个月，星乃从上司那里得知了椎名晕倒的事，而且原因是自己，所以她想再次回到椎名身边。但是在回去之前，必须消除他们之间最大的障碍，那就是文身，为此她花费了两个月。最终从她消失到回到椎名身边一共经过了三个月的时间。

"对于女人来说，在身上留下伤痕是一件多么可怕的事你能理解吗？可是即便如此，星乃小姐为了得到前辈的爱，还是选择了做手术。"

"但是，说谎是……"

听到椎名微弱的声音，伊予狠狠拍了一下桌子。

"你不是说过会接受星乃小姐的一切吗！"

伴随着调查的深入，伊予对星乃的了解也越来越深，去掉伪装后的星乃小姐是一位只想和心爱的人走到一起的用情至深的女性。

"星乃小姐是你命中注定的人吧，如果是这样的话，女人撒的这点谎，笑着原谅才是男人该有的作为不是吗？！"

面对伊予的话语，椎名的神情发生了转变，看到他好像坚定了决心，伊予的心不由地一阵揪紧。

"谢谢。"

椎名留下饮品钱，快步走出店里，笔直的脊背看上去和以前一样高大。

伊予深深地叹了口气，慎哉在桌上放下一个红酒杯。

"那个，我没有点红酒。"

慎哉倾斜瓶身，深红色的液体注入杯中。

"多管闲事的店长会头疼的，这边没有动过的汤要怎么办？"

"我会吃掉的。"

伊予品了一口红酒，犹如草莓一般的香味充盈在口鼻间，味道很醇厚却没有多少涩味，余味也很清爽，只是一口就能知道红酒的价值。

"伊予你也真是傻，如果你不鼓励他的话，他们一定会分手的。"

"你不说我也知道。"

谎言总有被揭穿的一天，相信到那时比起被伊予说破，两人走向决裂的可能性更高。换句话说，因为伊予的多此一举，两人之间的关系反而会变得更深。

"麻野店长，你是故意做了透明的蛤蜊浓汤吧。"

伊予向站在柜台对面的麻野瞪去，只见麻野显得有些坐立不安。

"请慢慢品尝没有加入多余味道的贝类原本的味道"，就是这句话让伊予想起了最真实的星乃，使她改变了想法。这也是麻野的目的所在吧，伊予完全上了他的钩。

"不过话说回来，麻野店长您是怎么知道星乃小姐有过文身的事呢，还是说从提到蛤蜊浓汤的时候就开始怀疑了？"

以麻野对汤的了解，应该立马就会发现波士顿做法和曼哈顿做法的区别。

"虽然这也是理由之一，但主要是因为我听到星乃小姐拒绝接受检查才想到的。文身使用的颜料中的一种遇到电磁波会引起发热反应，因此在医院做MRI（核磁共振）检查时，有时会先确认身上有无文身。"

星乃在扭伤脚踝的时候，没有听取椎名去医院的建议直接回家，恐怕就是因为害怕做 MRI（核磁共振）检查时身上有文身的事被发现吧。

"麻野店长知道的可真多啊。"

"因为我认识一个对这方面比较了解的人。"

麻野的眼眸似乎有一瞬间浮现出了悲伤的神色。

伊予重新喝了一口汤，贝类的香味充满口腔。

"硬壳蛤的味道也很好吃呢，为什么日本会用花蛤呢？"

"因为硬壳蛤是外来品种，日本附近海域没有分布，也禁止进口。"

一说到料理的话题，麻野的表情一下子开朗起来。

"但是最近几年，人们发现这种蛤在东京湾大量繁殖，也渐渐开始在市场上流通。据说现在的东京湾，硬壳蛤的捕捞量有时比花蛤还要多。"

"明明是后来者，却一副神气十足的样子，真是厚脸皮呢。"

"顺便说一下，硬壳蛤的学名是由 Venus（维纳斯）演变而来的，因此也被称为维纳斯贝。"[1]

伊予瞪大眼睛，用手指捏起一枚硬壳蛤。

"竟然和女神做情敌，看来一开始就没有胜算啊。"

一口吃掉蛤肉，伊予小声叹了口气。

拿起酒杯中的红酒，一口闷掉后，伊予注意到看着酒瓶的麻野脸部有些抽搐，看来在零的红酒中这瓶酒的档次应该不低。看到伊予豪爽的样了，慎哉挑了挑眉，向空酒杯中再次注入红酒。

---

1. 硬壳蛤：学名 mercenaria，是拉丁语名。由于曾被划分为帘蛤科 Venus 属，借由罗马神话中女神维纳斯之名，汉字写作"本美之主贝"，在日本也被称为"维纳斯贝"。——译者注

第 三 章

阿福减肥记

"这些全都是你做的吧。"

三叶瞪大眼睛看着眼前的人，对方也回以尖锐的目光。

自从她下定决心一定要减肥成功之时起，数不清的美味诱惑便接踵而至。

在黄油香醇的味道及能让人回想起新鲜水果味道的甜食面前，三叶脆弱的自控力根本不堪一击。

而且可怕的是，这些充满诱惑的甜食是有人为了三叶故意准备的。

"为什么，你到底为什么这么想让我变胖？"

眼前的人抓起化妆镜，举到她的眼前，镜子里映照出三叶那天生的圆脸，她也因此从小就被人嘲笑说是"包子脸""面包超人"等。

三叶不由发出哀鸣，她不过是想变瘦罢了，为什么会变成这样。她不禁回想起数月之前自己开始减肥时的事。

1

福田三叶的爱称自小学时起，就一直是"阿福"。从她开始记事起体格就比较壮，体重也总是超过平均值，亲戚好友看到她也只会说

"身体真好""看起来真健康"之类的话。

　　上小学时班上男生常嘲笑她的体型，从四年级左右起她开始变得讨厌自己的昵称，因为从"FUKU（福）[1]"的发音就能联想到"FUKKURA（丰满）""BUKUBUKU（胖嘟嘟）"等形容肥胖之人的词语。

　　但是上了初高中之后，她的昵称还是没变，高中毕业后她上了一所职业学校，而且学校里没有以前的同学，她本来满心期待同学们会以不同的昵称称呼她，可是不知为何，同班的关谷茧子开始称呼她"阿福"。

　　"为什么是阿福呢？"

　　午休时间，三叶忍不住问茧子，只见她歪着脑袋，这一动作很适合有着一张娃娃脸且身材娇小的她。因为她下面的名字是三叶，所以叫"小叶""叶叶"都是可以的。

　　"嗯，因为你给人的感觉就是阿福啊。"

　　三叶对于茧子的回答一头雾水，但在场的其他同学却都纷纷点头表示同意。几人将桌子拼在一起，放上各自的便当或面包等，一起吃午餐。三叶就读职业学校是为了考取社会福祉系的国家资格证，现在是第二年的三月份。

　　"我懂，就像母亲给人的那种安心感。"

---

1. 福：罗马字拼写为 FUKU，后同。——译者注

"你这是夸我吗？"

三叶边这么说，边取下了茧子黏在衣领上的米粒儿。看到这一幕的朋友吐槽道："看吧，就是这种地方。"

"阿福，你午餐就吃这么一点吗？"

茧子看着三叶手里的东西瞪大眼睛，只有添加了营养素的谷物条和茶水，这便是三叶今天的午餐。

"因为早餐吃太多了，肚子还不饿。"

"那不知道你还能不能吃得下我做的点心。"

"呃……"

茧子从包里拿出曲奇饼干，三叶忍不住吞了口唾沫。茧子特别会做点心，偶尔会带来学校分给大家吃。

"那就一点点。"

看着递到眼前的曲奇饼干，三叶终究没忍住吃了下去，饼干非常松脆，黄油的香甜味在口中蔓延开来，三叶一边幸福地咀嚼着，同时也感到心情渐渐变得沉重。

三叶在上周参加了生平第一次联谊会，虽然她不是很想去，但没有禁得住高中时代的朋友的央求，另外还因为她听说活动场地的那家意大利餐厅甜点很美味。

在联谊会上见到加贺寿士时，三叶差点儿停止了呼吸。

寿士在中学时和她同级，偶像般的外表让他在女生当中相当受欢迎，三叶从中学时起就一直偷偷仰慕他。如今成为大学生的寿士打扮得很时髦，和中学时相比更加迷人了。

"这不是阿福吗？好久不见。"

虽然没有融入联谊会，但她还是很高兴寿士还记得她。那之后过了几天，邀请她去参加联谊的朋友又发来消息说要叫上包括寿士在内的几个男生一起去唱卡拉 OK。

如果能再见到寿士的话，她希望将自己更好的一面展现出来，所以才急忙开始减肥。但是才下定决心不久，就没有抵挡住曲奇饼干的诱惑，她开始厌恶意志如此薄弱的自己。

三叶在书店买了大量减肥书籍，寻找着最有效的减肥方法。由于职业学校离家比较远，她早上出门也比较早，而她早上喜欢赖床，所以总是睡到时间允许的最后一分钟，因此经常不吃早餐。

但是据减肥书籍所写，不吃早餐的话新陈代谢会变慢，反而会起到反效果。另外，很多参考书上都有提到，应该少吃的是晚餐，尤其严禁晚上八点之后摄入碳水化合物。反而早上多吃一点，由于到晚上会转化为热量消耗掉，所以并不会导致体重增加。

也就是说她不用忍着不吃早餐。

三叶从父亲的远房亲戚长谷部伊予那里听说了一家位于她公司附近的餐厅。

那是一家专门做汤的餐厅，平常从午餐到晚餐时间客人络绎不绝，在那附近小有名气。但其实那家店每天早上会悄悄营业，为身心疲惫的客人提供可以舒缓心神的食物。

伊予上班的公司位于和电车终点站相邻的商业区，而附近有一片从很早以前就存在的住宅区。父母离婚之后，三叶就和母亲两人一起搬到了已故的祖父母曾住过的这片住宅区。从伊予的公司到这里徒步也很近，所以按理说那家汤店应该就在附近。

至今为止，三叶已经有好几次减肥失败的经历了，主要的原因是食欲旺盛，控制饮食形成压力后反而会暴饮暴食。

不过，如果早餐能吃到令自己感到满足的食物的话，说不定就不会形成压力。因此，三叶将闹钟时间调到比平常早一个半小时，一边想象着好喝的汤一边进入梦乡。

太阳还未升起的商业街有些昏暗，感到有些冷的三叶系上了大衣的纽扣。

时间刚过早上六点半，周围的餐饮店除了二十四小时营业的连锁店之外都没有开业。就连平常交通量很大的四条车道的大路，这个时间段也没有几辆车通过，可以随时横穿。

三叶所上的职业学校从家里出发，加上走路的时间需要花一小时多一点，学校早上八点五十上课，所以她平常早上七点半就要出门。

关于汤店零的信息，上网一搜索马上就出来了，三叶单手拿着智能手机，按照地图的指示往前走着。网上对它的评价非常高，但并没有提到早上营业的信息。

拐进被夹在摩天大楼之间的小巷，便能看见一栋老旧的楼房静静地伫立着，从一层部分透着一抹看似很温暖的光亮。门上挂着"OPEN"的牌子，三叶使劲拉开了门，伴随着铃铛声，"早上好，欢迎光临"一道沉稳的声音传来。

柜台对面站着一位体型纤细的男性，朝三叶缓缓地鞠了一躬，这名笔直站立的男性应该就是伊予说的麻野店长了。

麻野向她说明了早餐的体系，随后三叶坐在了桌式席位上。

今天的每日一汤是焗洋葱芝士汤，虽然有点担心芝士的卡路里含量，但因为是早上应该没关系。三叶拿了黑麦面包和橙汁再次回到座位，她先喝了一口橙汁，清爽的甜味以及强烈的酸味刺激着味觉，犹如鲜榨果汁一样的口感，让早晨略有些倦怠的身体一下子恢复了过来。

就在她品尝着美味的橙汁时，麻野端来了汤。

圆形略厚的容器上面覆盖着一层被切成小块的面包，芝士表面略微烤焦，用汤勺插下去后，大量的热气和香味一下子飘散开来，露出面包下面焦糖色的汤和切得很细的洋葱。

三叶注意不被烫到小心地放入口中。

"……真好吃。"

炒得极软的洋葱其微微的苦味更加突出了凝练的甜味和香味，面包烤得很脆，浸在汤里软化的部分和露出表面的部分形成对比，嚼起来非常舒服。芝士醇厚的香味给整道料理增添了一抹华丽的色彩，和

99

汤完美地融合。

三叶看到黑色板子上写着关于洋葱的营养价值。洋葱中含有的硫化丙烯可以舒缓神经，而且能促进具有缓解疲劳、提高新陈代谢作用的维生素B1的吸收。另外，其中还有一种名为槲皮素的成分具有抑制脂肪吸收的作用，是很适合正在减肥中的三叶的食材。

三叶感觉到发冷的身体一点点暖和起来，禁不住汤的美味，她又拿了两个面包，一个是松软的圆面包，香软的口感让人停不下来；另一个是带有酸味的黑面包吐司，虽然直接吃也很有风味，但用汤浸泡后也是一绝，三叶不由地发出幸福的叹息。

仅仅一次三叶就喜欢上了这家店，虽然不吃晚餐对她来说很痛苦，但想到第二天早上可以吃到零的料理，她就觉得自己可以忍耐。从第二天开始，三叶每周都会以三次左右的频率到零吃早餐，完全变成了常客。

季节流转，梅花凋谢，樱花开始绽放。

从三叶决定开始减肥已经过去了一个月，和寿士几人在卡拉OK玩得很开心，还互相交换了联系方式，之后也定期约着一起玩，于是三叶暗下决心要继续减肥。

周日的中午时分，三叶站上体重秤，数值和一周前完全没有变化。她站在洗脸台前失落地垂下肩膀，一直顺利下滑的体重最近开始变得停滞不前。

一阵门铃声响起，接着是母亲菊乃走向玄关的声音。

不一会儿就从玄关处传来争吵声，三叶探头一看，原来是比自己小两岁的妹妹香菜子来了，好像正在和母亲争吵着什么。香菜子和父亲现在住在离这里有一段距离的公寓。

"对你来说还太早了。"

"你又不用有什么关系？"

香菜子大概是来借母亲的名牌饰物的，母亲经常从男性那里收到礼物，因此家里有很多名牌包包以及饰物。

母亲年轻时做过时尚模特，即便已经隐退，但仍保持着模特般的身材。而且是那种容易长肌肉但不易堆积脂肪的完美体质，她除了每个月打几次网球基本不怎么运动。

"真拿你没办法，但下不为例哦。"

"谢谢妈妈！"

母亲一直都很宠香菜子，到最后还是会答应她任性的要求。进到家里的香菜子看到坐在客厅的三叶，用惊讶的表情俯视着她。

三叶和香菜子两人不和已经有很长时间了，她印象里应该是从高二的秋天开始的，所以到现在已经是第四年了。三叶选择无视她的存在，只见香菜子走进了母亲专用的服装间，出来时手里多了一个名牌包包，她再次在客厅停住脚。

"我说你不会是在减肥吧？"

"是又怎么样？"

她没有对香菜子说过自己在减肥的事，如果是减肥的成果体现出来就好了，但香菜子接下来的话马上打破了三叶那微弱的希望。

　　"别净做些不适合你的事，很恶心啊，也不看看镜子。"

　　三叶一下子气血上涌，就在她极力压抑着想把手中的遥控器扔过去的冲动时，香菜子已经转身走出了客厅。

　　不论自己怎么努力都无法变得和香菜子一样，这一点她比谁都清楚。

　　香菜子不仅个子高，身材也非常好；但身为姐姐的三叶却只有普通身高，而且骨架很大。姐妹俩走在路上时，周围的视线必定会集中在香菜子的身上。

　　香菜子的五官和母亲就像是一个模子刻出来的，从小就被周围的人夸赞"将来一定能长成和你母亲一样的美人"。另外，香菜子还很聪明，不像三叶一样做什么事都要花很长时间，就算香菜子是在她之后开始的，也会轻易地超越她。

　　三叶通过刻苦努力地学习，才好不容易考进了当地颇有名气的重点高中。而香菜子在初三时，因为忙于模特活动及戏剧部的演出等几乎连学习的时间都没有，但她在考试前三个月突然开始发奋学习，尽管成绩一直在年级下游左右，最后也仍然和三叶考进了同一所学校。

　　善于交际的香菜子男性和女性朋友都很多，就连三叶为数不多的几个朋友也都和她有联系，香菜子还有她的好友茧子的联系方式，由于茧子是香菜子做模特时的粉丝，有一次在三叶的家偶然遇见香菜子后便立马打成了一片。

送走香菜子后，母亲回到客厅。

"香菜子真是任性，究竟是像谁啊。"

母亲一边发着牢骚一边坐到沙发上，接着打开电视看起综艺节目。和香菜子争吵后，母亲总会露出寂寞的表情。

母亲对三叶从来没有兴趣，她的眼里只有香菜子。

在她小学高年级的时候，母亲让香菜子应征了一家面向青少年杂志的模特，合格之后母亲便成了香菜子的专属经纪人，将所有精力倾注在她身上。自从香菜子当上模特，三叶学校的上课参观和三方面谈母亲一次也没有出席过。

但是在香菜子考上大学的同时，她放弃了模特的工作。

父母决定离婚之时，香菜子最先提出要和父亲一起生活。因为母亲一直陪着香菜子，所以三叶想当然地以为两人会一起生活，她至今还清晰地记得母亲当时听到香菜子的话时脸上浮现出的茫然无措的表情。

"原来你在减肥啊。"

母亲大概是听到了她和香菜子的对话。从她开始减肥起，这是母亲第一次提到关于她体型的话题，母亲瞥了一眼三叶后又将目光移到电视节目。

"继续努力吧，你长得又不好看，就要瘦一点才有和人比拼的资本。"

液晶画面中的人气艺人手脚细得像一根棍儿一样。

"你不说我也知道。"

三叶长这么大，母亲没有一次表扬过她的外表。

就在三叶再次坚定决心的第二周，收到了姨妈寄给她的一箱东西。

打开包装的一瞬间，三叶不禁发出呻吟声。里面装满了一家有名店铺的脆饼干——需要排很长时间的队才能买到的。一同寄来的信纸上写着她年末去了那家店，所以分一点给三叶。

"……就吃一点的话。"

面对突然的诱惑她还是没管住自己，拿起上边有一层牛奶巧克力的新品，撕开包装纸。一口咬下，略带苦味的巧克力入口即化，和饼干松脆的口感简直是绝配，好吃到完全停不下来，等发觉时她已经吃了四个。

清醒过来的三叶尖叫一声，慌忙跑向卫生间。她深深地叹了口气，在洗脸台漱口。

洗完脸后看着镜中的自己，三叶再次下定决心。

"我一定要减肥成功！"

2

"真好吃。"

外侧印有花纹的陶制器皿里面盛着红色的汤，今天雫的早餐是罗宋汤。

略带土腥味的独特甜味应该是红菜头散发的吧，表面漂着一层酸奶油的酸味刺激着早晨还未完全苏醒的味觉，被切成一口左右大小的猪肉口感细腻，嚼在嘴里油脂的香味随之蔓延开来。乌克兰的家庭料理不知为何给人一种很熟悉的家的味道。

三叶看向店内的黑色板子，上面写道："红色的根源——红菜头富含维生素和矿物质，在国外有'可以喝的血液'之称，另外还含有一氧化氮成分，对美容和减肥具有一定效果。"

"好幸福啊……麻野店长，今天的汤也非常好吃。"

"谢谢，很高兴听到你这么说。"

在来店次数多了以后，她和麻野也会说上几句话。

早餐结束后三叶去了洗手间，洗手台的旁边摆着一个花瓶，里面插着甘菊花。三叶拿出随身携带的牙刷套装，开始刷牙。

映照在镜子里的自己和理想中的身材还有很大差距，三叶不由地避开了视线。周末明明约好要和寿士他们出去玩，但她却连续两天吃了甜食，前天是茧子亲手做的巧克力蛋糕，昨天是姨妈寄来的果冻。

三叶漱完口，朝镜子里的自己挤出一个笑容，每次看到自己圆嘟嘟的脸，三叶总觉得很滑稽。

"哎，怎么又脏了。"

总觉得牙齿表面有些黄，三叶又重新刷了一遍，可不知为何牙齿依旧是黄色。

虽然还是很在意，但快到坐电车的时间了。三叶走出卫生间，正好碰到露从楼上下来，露是麻野店长的独生女，一头及腰的黑发给人印象深刻。虽然露有时会在店里吃早餐，但因为三叶上课时间的关系，两人总是擦肩而过。

"三叶姐姐，早上好，你要回去了吗？

"嗯，等有机会我们再一起吃早餐吧。"

结完账走出店内，五月早晨的太阳已然犹如夏天一样炽热，从楼层的缝隙间倾泻下来的阳光让三叶一瞬间感到有些眩晕。

周六的保龄球馆非常热闹，为了听清彼此的话身体距离自然会拉近。每次出现全中也会击掌庆贺，三叶满足地享受着这一时光，但是游戏结束后，寿士却提出了一个很可怕的提议。

"正好也消耗了不少能量，咱们接下来去吃甜食吧。"

附近似乎有一家甜食自助店，寿士甚至还有打折券，在场的几人纷纷表示同意，三叶只好一同前往。

这家店是限时两小时自助的形式，价格也不是很贵，陈列橱里摆着各式各样的糕点，还有意大利面和咖喱。可最招牌的蛋糕不仅面包吃起来干巴巴的，使用的奶油也是植物性的，实在称不上好吃，可三叶还是陪着几个朋友，吃了好几块蛋糕。

回到家的三叶正在锻炼腹肌时，母亲回来了，时间大概是二十一点左右。涂着红唇的母亲应该是和男性约会去了，从洗手间出来的她立马对三叶说道：

"厕所里有一股奇怪的味道，你有没有好好打扫啊？"

"知道了，我会注意的。"

母亲从以前一家人生活在一起的时候就不擅长做家务，三叶自记事起就是她在承担做饭、洗衣、打扫等家务活。母亲俯视着三叶，扬起嘴角继续说道：

"哎哟，看你好像瘦了一点啊，就照这个样子继续努力吧，可别麻痹大意。"说完，母亲转身走向浴室。

三叶反应了半天母亲说的话，这还是有生以来第一次，母亲对她的外表做出了肯定性评价，感到很开心的三叶，将腹肌锻炼量提高到了平时的两倍。

在自己的房间学习时，三叶的脑子里也装满了母亲夸赞她的事。

她听姨妈讲过母亲的前半生，据说母亲从小就是个美人，在周围人和男性的吹捧声中长大。在高中时被星探发掘，出席过很多时装秀，也做过杂志的写真偶像。

但母亲在二十五岁左右时退出了时尚界，在这个圈子里如果不去时刻追求美的话，就会被竞争对手超越。而为了一直站在潮流的最前端就要不断学习，可母亲不知道努力的方法，于是只能退出。

然而，母亲转变职业后行动也非常迅速，她和认识的男性中工资最高的父亲结婚，成为家庭主妇，生下了三叶和香菜子。

作为大企业领导级人物的妻子，母亲的生活过得顺风顺水，但渐渐地她还是厌倦了主妇的生活，夜里出去玩的次数增多，服饰也越来越花哨大胆。终于，以香菜子高中毕业为契机，父母正式决定离婚，母亲现在在一家公司做秘书，据说是一位四十多岁的男性熟人经营的。

母亲仅仅凭借着超群的美貌走到了今天，所以对于外表不像香菜子一样美丽的三叶，母亲一直觉得她很可怜。

"至少要会做点家务吧。"这是母亲一直对她反复说的话，她决定去上职业学校，也是听从了母亲至少学一门手艺的建议。在母亲看来，没有美丽容貌的长女，如果不会做家务或没有一点手艺的话便会活不下去。

母亲只对美丽的自己，以及就像自己的翻版一样的二女儿感兴趣。

"……哎？"

等三叶意识到时，自己正坐在厨房冰箱前的地板上，冰箱门大开着。嘴里还留有甜蜜的味道，一看地板，上面散落着点心、面包的塑料包装袋。昏暗的厨房里只有冰箱发出的微弱的光亮。

五月已接近尾声，树木的绿色又浓了几分。三叶仍然在坚持减肥，但还是有好几次在茧子甜蜜的诱惑面前败下阵来。

姨妈也还是定期寄来食物，收件人有时是三叶，有时是母亲。食物多种多样，有火腿、蔬菜、即食咖喱等。如果是咸味的食物三叶还能控制住自己，但对于偶尔寄来的甜食仍旧没有抵抗力。

这天早上她一点也不想动，便赖床了。原本打算去汤店零吃早餐的，但睁开眼时已经到了去学校的时间。

三叶最近半个月以来身体一直不舒服，月经也推迟了。虽然去零吃早餐的话很有可能赶不上第一节课，但因为她从前一天开始就满心期待着零的早餐，她不想再多等一天。于是，做好迟到准备的她走进了零的店内。

坐到座位席上，三叶深深地吐出一口气，尽管胃很不舒服，她还是选择了咖啡，因为咖啡因有燃烧脂肪的效果，所以她经常喝。

在等汤的时候，露从厨房后面探出头来。三叶朝她招招手，露走过来坐在了三叶对面。

"早上好，露，终于可以坐在一起吃饭了。"

"是啊。哎，三叶姐姐，你受伤了吗？"

"啊，嗯。"

露看着三叶的手背歪着脖子疑惑道，三叶不由自主地缩了缩手，她的手背上粘着创可贴。露目不转睛地盯着她，三叶匆忙移开了视线。

"久等了。"

麻野端上了夏季蔬菜加鸡肉浓菜汤。

麻野做菜使用的西红柿味道很香，而且酸味也很强烈，吃起来味道分明，三叶尤其喜欢。另外，西红柿中含有的番茄红素以具有瘦身效果著称，药店也有卖番茄红素的营养剂。

露一把汤放入口中就露出眼角下垂的表情，看到这一反应的三叶更加期待汤的味道，她马上吃了一口。

"欸？"

不仅是西红柿和鸡肉，就连盐度也感觉是加水稀释过了一样，三叶觉得味道完全不够。大概是察觉到了三叶的反应，露一脸不安地看着她，三叶急忙扯出笑容。

"露的爸爸果然是料理天才啊！"

露有些害羞地点了点头，继续吃饭，三叶嚼着嘴里的鸡肉，还是觉得味道比平时淡很多。是食材质量不过关，还是在做三叶的这份时没有掌握好味道呢？她思考着可能的原因。但是又没有说出来的勇气，于是默默地喝着这碗味道很淡的汤。

职业学校的午休时间，三叶从包里掏出茶和饼干形状的营养功能食品，因为她晚餐也不打算吃，所以说这是今天的最后一餐。边和朋友聊天边吃完午餐后，茧子拿出自己做的马卡龙和大家分享。

"虽然看着不怎么样，但味道我可以担保，阿福也吃啊。"

绿色、棕色、黄色等鲜艳的颜色刺激着食欲，朋友们一边品尝一边发表着"这是巧克力味吧""吃不出来是什么味道"诸如此类的感想。

"抱歉，我就不吃了。"

"你哪里不舒服吗？"

"实际上，我在减肥。"

茧子几人睁大眼睛，看了看彼此的表情一齐笑出声来。

"阿福，你在说什么呢？你哪里需要减肥啊。"

就是因为不擅长应付这种社交辞令，她才瞒着大家减肥的事。茧子将马卡龙递到三叶眼前。

"一起吃吧，这可是我的自信之作。"

"我都说了不要！"

三叶一甩胳膊，马卡龙飞舞着从空中落到地上。

"啊，抱歉……我会吃掉的。"

最近，三叶的情绪特别容易不受控制，她慌忙伸手去捡，但茧子快她一步。

"不用了，我才要向你道歉，你说了不吃还劝你吃。"

茧子虽然吃惊于三叶的反应，但还是露出和平常一样的笑容说道。不过表面被摔扁的马卡龙最后还是被扔进了垃圾箱。

不一会儿上课铃声响起，老师走进教室，三叶虽然很想夺门而出，但也只能坐在教室里听讲。上完最后一节课，三叶立马冲出了教室。

在自家附近的车站出来时，三叶感觉身体已经到达了极限，她走进距离最近的一家咖啡馆点了一杯咖啡，闭着眼深呼吸。这时突然传来一阵大笑声，而且这声音她好像在哪里听过。

"都怪你们逞英雄点什么特大号冰激凌，看看，吃不完了吧？"

背后传来寿士的声音，但对方似乎没有察觉到三叶，她虽然有些犹豫要不要过去打招呼，但因为有好几个没有见过面的男生，她退缩了。

"我已经腻了，剩下的都是寿士的。"

"开什么玩笑，我又不喜欢甜食。"

三叶有些怀疑自己的耳朵，既然他讨厌甜食的话，那天为什么要提议去吃甜品自助，而且在店里他虽然以副食为主，但也若无其事地吃了不少蛋糕。

接下来几人聊到关于恋爱的话题，三叶屏住呼吸，即使咖啡来了也顾不上喝。寿士的朋友们不断逼问他最近的约会对象的事。

"福田香菜子从中学的时候就很有名了吧，你到底是怎么约到她的，快说。"

"我不是说了是秘密吗？"

三叶一瞬间脸色惨白，她用两手遮住脸。寿士几人夹杂着一些玩笑话，开始讨论起香菜子如何可爱。听起来，他和香菜子只约会过一次，并没有交往，但寿士自信满满地宣称："我一定会拿下她！"

突然，寿士似乎强忍笑容一般说道："说起来，我还见过香菜子的姐姐，你们绝对想象不到她姐姐是什么样子，我有照片，给你们看。"

"快拿来看看。"

在短暂的沉默之后，寿士几人爆发出哄笑声。

"就这样子竟然是香菜子的姐姐吗？"

"体型也太夸张了吧，这根本没法带出去好吗。"

一阵强烈的呕吐感袭来，三叶慌忙跑进厕所趴在马桶上拼命地吐，但出来的只有胃液。她就这样边咳边呕，大约十五分钟后从厕所出来时，寿士几人已经离开了。

结完账出了咖啡馆，走在路上总感觉行人都在看她，三叶几步一歇，踩着轻飘飘的步伐回到家里。

3

上高中时三叶曾倾心一位前辈，但她只敢远远地看着他，有一天前辈突然主动找她搭话，邀请她一同去看电影，兴奋又焦虑的三叶急忙找香菜子商量。

香菜子指出了姐姐衣着上的不足，还陪着她一起外出购买了当下流行的时装。尽管约会中两人没能擦出火花，也没能集中精神好好看电影，但对于三叶来说已经是犹如做梦一般的体验了。只是，前辈总是问关于香菜子的事，这一点让她有些在意。

几天后，三叶听到传言说前辈对香菜子怀有好感，并展开猛烈的追求，但香菜子并没有接受。可前辈还是不肯放弃，于是香菜子便提出了一个条件，那就是作为和自己约会的交换，邀请三叶去看电影。

三叶半信半疑地去问香菜子，她很快就承认了，三叶继续追问她意图何在时，香菜子毫无歉意地说道："因为姐姐你不是喜欢前辈吗？"

小时候，香菜子胆子很小，一感到不安就会躲到三叶身后，就像生气了一样紧绷着脸。

包括母亲在内的大人们一直很宠爱这样的香菜子，渐渐地香菜子也变得不再吝啬于她的笑容，于是周围的大人们便愈发娇惯她了。

为了不输给香菜子，三叶曾对着镜子偷偷练习微笑，可不巧被母亲撞见，母亲大笑着说："你真是在做无用功呢！"于是三叶便放弃了模仿香菜子，只能躲在角落里远远地看着随着年龄的增长越发美丽动人的香菜子。

三叶想要的东西香菜子全部都有。

"不要你多管闲事！"三叶大声叫道。

香菜子瞪向三叶。自那以来，三叶有意和香菜子拉开了距离，除非必要情况绝不多说一句话，将两人一起拍的照片及大头贴都扔掉了。还拒绝了香菜子修学旅行带回的特产，开始避开有关香菜子的一切。

在咖啡馆偶遇寿士的第二天，三叶因为全身疲惫向学校请了假。接近中午时分起床后，她打开电视，天气预报播音员说马上就要进入梅雨季节了。

她从橱柜里面拿出姨妈寄来的磅蛋糕，想要自暴自弃地大吃一回，但脑海里浮现出体重秤的数字，她不由停住了手。

这时门铃声响起，她走向玄关打开门。是邮寄的冷冻食品，一看单据上的寄件人处写着姨妈的名字，三叶差点拿不稳箱子。拆开后里面是蛋糕卷，还是来自地下商场的一家很有名的店。三叶跑向厨房，把东西丢进了垃圾桶，接着拨打了姨妈的电话，在几声呼叫音过后终于接通了。

"姨妈，好久不见，蛋糕卷我收到了。"

"太好了，不知道你喜不喜欢。"

"虽然你也是出于好意，但以后请不要再寄来了，特别是甜食，绝对不要。"

"不合你的口味吗？"

"我正在减肥，所以很困扰。"

在短暂的沉默后，姨妈含笑说道："你这么年轻多吃点也没事的，像你姨妈我就算只吃一点也会长肉……"

"我都说了不要再寄了！"

姨妈从小就被任性的母亲耍得团团转，她是亲戚中为数不多的对三叶好的人。正因如此，她才很难拒绝她的好意，但她已经忍耐到极限了。

通过电话也可以感觉到姨妈的不知所措，姨妈向她道了歉，并承诺再也不寄食物过来了。

就在三叶要挂电话的时候，姨妈开口问她："你最近和香菜子相处得好吗？"

"为什么要这么问。"

三叶在亲戚面前并没有表现出和妹妹不和。

"没什么特别的意思，因为你们现在分开生活所以才有点在意。"

说完，姨妈慌忙挂了电话。

三叶搜寻了冰箱里的食材，做了蔬菜汤。没有放肉，为了不摄取油分，也没有事先炒一下。只有一点咸味的汤吃着非常寡淡，三叶皱着眉头将其灌进胃里。

傍晚，三叶收到寿士发来的信息，被嘲笑的记忆一下子苏醒，她踌躇了许久才点开。在看到内容后，三叶感到一阵轻微的眩晕。

"下周大家一起去喝酒吧，是一家和式点心很有名的居酒屋，阿福也喜欢甜食吧。"

他嘲笑自己的照片，说带出去很丢人就是昨天的事。

下一个瞬间，三叶脑海里浮现出香菜子的脸。她颤抖着翻出了寿士的号码，按下呼叫键，在几声呼叫音后对方接听了。

"你现在方便吗？"

"啊，阿福啊，看到我发的信息了吗？"

以前觉得寿士的声音很清澈，现在听着只有轻浮感。

"只要邀请我，你就可以和香菜子约会了，对吗？"

"啊。"

从他惊慌的反应可以看出，三叶猜得没错。

"香菜子怎么对你说的？"

"什……你在说什么啊？具体安排我稍后发给你，你要是能来的话就回个信。"

可能是发觉瞒不下去了，寿士急急忙忙挂断电话。

姨妈多次寄来食物，还突然问起自己和香菜子的关系。寿士为了能和香菜子约会，变着法子带三叶吃甜品。

两者都和香菜子及甜食有关。另外，三叶想到还有一个人也满足这两个条件。

天空被沉重的灰色笼罩，静静地飘着小雨，位于车站附近的独栋大楼是三叶在读的职业学校。三叶昨天给茧子发信息，约她在上课前见面。三叶站在校门前等着，在距离第一节课还有四十分钟的时候，茧子撑着伞出现了。

她催促着茧子，两人一起坐着电梯上了顶层。由于第一节课不使用顶层的教室，所以完全看不到人影，荧光灯还没有点亮，只有轻微的阳光从窗户照进走廊。三叶直直地看着茧子的眼睛。

"你最近总是带点心来学校，是香菜子让你这么做的吧。"

虽然茧子什么也没说，但表情明显僵住了。茧子以前来三叶家玩的时候，和香菜子互相交换了联系方式。

"不只是茧子，香菜子还对中学的同学和亲戚也拜托了同样的事。"

虽然不清楚香菜子是怎么知道自己和寿士之间的事，但交际甚广的她和三叶的朋友也有交流。而且通过社交媒体知道三叶和寿士出去玩的事，再经过中学时期的朋友介绍取得联系，想必再轻易不过了吧。

"阿福，对不起。"

茧子无力地低下头，默认了听从香菜子指示的事实。

听茧子说，四月上旬，香菜子突然发信息给她，内容是希望她定期做一些食物带给三叶吃。三叶记得四月初的确是她最后一次在家里遇见香菜子的时候。

"那你为什么要听从香菜子的指示呢？"

"那还用说嘛，当然是因为担心你啊。"

"担心我为什么要给我吃甜食！"

三叶头脑变得一片空白，不想再继续和茧子待在一起。她飞快地冲进了电梯，茧子也马上跟过来，但三叶没有让她进来。电梯到一层后，她头也不回地向学校外跑去，中途和好几个同班同学擦身而过。

经过好几次休息，三叶终于来到了香菜子住的公寓，从早晨开始下的雨变成蒙蒙细雨，贴在身上感觉黏答答的。

在一层入口处输入房间号，按下呼叫键，三叶已经做好了万一不在的话再来一次的准备，可香菜子正好在家。她报上自己的名字后，自动门锁开了。

玄关的门没有锁，三叶直接走进客厅看见香菜子坐在沙发上，已经化完妆并穿好了衣服，好似心情不太好地皱着眉头。

"这一大早的有什么事吗？"

"茧子、寿士君还有姨妈的所作所为都是你指使的吧。"

香菜子噘起嘴唇，耸了耸肩，接着叹了一口气。

"被你发现了啊。"

"你的目的是什么？"

"当然是为了增加姐姐的体重啊。"

虽然她也隐约察觉到了这一理由，但实际听到本人这么说还是大受打击。

"为什么你这么想让我变胖呢？"

香菜子惊讶地挑起眉毛，然后狠狠瞪向三叶。

"你在说什么啊？这就是理由。"

香菜子抓起桌上放着的化妆镜，举到她面前。

镜子里映照出自己从小就厌恶至极，甚至感到恶心的圆嘟嘟的脸。香菜子此刻的表情虽然很可怕，但仍然美得叫人着迷。

如果能生的和香菜子一样该多好啊，这样的话，大家就会喜欢自己，母亲肯定也会多看自己一眼。

"太过分了。"

三叶颤抖着从喉咙里发出声音，香菜子的身影逐渐模糊。

"我明明已经这么胖了，为什么还要如此对我，你就那么讨厌我吗？"

泪水模糊了视线，眼前香菜子的脸似乎变得有些扭曲。

三叶转身向外跑去，尽管身后的人好像要说些什么，她也没有回头。公寓外雨势比来时更大，三叶没有打伞就这样跑着。悲惨的心情充斥在心间，眼泪怎么也停不下来。

回到家里的三叶将自己关在房间不肯出来，母亲在门外斥责着让她准备晚餐，过了一会儿见她没有反应便出门了。她就这样什么也没吃迎来了第二天的早晨，然后向汤店零走去。雨从昨天开始一直没有停，淅淅沥沥地下着。

"早上好，欢迎光临。"

麻野像往常一样笑着接待她，三叶紧绷的身体感到些许放松。店内飘散着高汤的香味，炒蔬菜的声音传入耳中。

今天的早餐是南瓜浓汤，三叶在座位上坐下，不一会儿，盛在木制汤碟中的橘黄色液体就端了上来。

将木制汤勺放入汤中，南瓜的香甜味和肉豆蔻的香味同时传来，三叶不由地咽了咽口水。将汤勺拿起后，只见点缀在表面的线状鲜奶油慢慢融化开来。

一瞬间，三叶停住了手。

"你不爱吃南瓜吗？"

察觉到异常的麻野出声问道，三叶闭上眼摇着头。

"对不起，我不能吃。因为我是胖子，吃了的话会更胖的。"

鲜奶油进入体内会转化为脂肪。从厨房深处传来咕嘟咕嘟煮汤的声音，麻野微微叹了口气。

"……无论如何也不吃吗？"

抬头一看，麻野一脸认真地看着她。

"不行，我不想吃。"

"如果你不想吃的话，我们来聊一会儿天吧。"

"为什么要那么做呢？"

"说不定聊一会儿天心情就会发生转变，食欲也会——"

听到麻野也催促她吃东西，三叶感觉马上就要哭出来了。

"我不是说了不想吃嘛，为什么大家都想让我变胖。"

她用两手拍向桌子，浓汤摇晃着从汤碟中溢出。

"我现在可是有三十八千克呢！"

突然，三叶感到一阵头晕，接着丧失了平衡感，汤碟离自己越来越近，之后她便失去了意识。

4

三叶睁开眼时，露正盯着自己的脸看。看到她恢复了意识，露的表情也放松下来。露握着三叶的手，小小的手心传来的温度让她感到非常温暖。

三叶此刻正躺在麻野自家的沙发上。

在失去意识的瞬间，她感觉有人抱住了她，想必是麻野伸出手接住了她下滑的身体。从墙上的时钟来看，她应该晕过去了三十分钟左右。

露背上书包，向她挥手告别。

"要早点好起来啊。"

说完，露便出了房间，紧接着麻野端来一杯水放在桌上。

"我就在店里，你好好休息吧。"

三叶闭上眼睛，等再次睁开眼时已经过去了一个小时。她拿起桌上的水喝下后，慢慢站起来。

房间的中央有一张小小的桌子，暖色的灯光笼罩着整个屋子。墙边并排放着书架，可以看到有很多关于料理的书籍资料，上面摆放着的相框里是麻野和一位中长发女性的合影。

麻野身边的那位女性应该是他的妻子吧。三叶虽然有些在意，但又觉得不应该随便窥探别人的隐私，于是别开了脸。

三叶走下楼梯向店内望去，只见麻野在打扫卫生，早间营业时间早已经结束了。

"你身体已经没事了吗？"

"没事了，真的给您添麻烦了。"

三叶点点头，然后对麻野低头道歉，然而麻野却将头垂得更低。

"我才应该向福田小姐道歉，没有考虑你的心情，还说出那种类似逼迫你的话，非常抱歉。"

"没有的事，请不要这样。"

麻野缓缓抬起头，然后让三叶坐下，自己则坐在了对面。看到麻野直直地盯着自己，三叶不由得避开了视线。

"我还是想和福田小姐谈一谈。虽然可能会打击到你，但我怀疑你患上了进食障碍症。"

虽然她听过这个名词，但也只是通过新闻节目的特别报道有所了解罢了。

"那个……您为什么会觉得我有进食障碍症？"

"理由有很多。"

麻野接着开始了对进食障碍症的说明。

进食障碍症是一种因为对体型的过度关注，从而对进食行为产生影响的心理疾病。主要有神经性厌食和贪食两种情况，多出现于十多岁至二十岁的女性身上。

"神经性厌食症的主要特征是极度节食，造成体重过低。因此通常有荷尔蒙分泌异常、失眠，精神倦怠及月经不调等症状。"

三叶最近的确经常失眠，生理期也不规律。

"另外因为营养不足，还会引发各种各样的问题，由于缺乏锌导致的味觉障碍就是其中之一。最近，本店的汤似乎不太合你的口味，这一症状开始显现应该是你和露一起喝浓菜汤那次吧。我从露那里听说了福田小姐对汤的味道感到疑惑的事。"

最近一段时间，她经常觉得汤的味道有些奇怪，这种状况确实是和露一起喝浓菜汤那次开始的。

麻野说的这几种情况没错，但三叶还是摇了摇头。

"厌食什么的我还是无法相信，因为我也吃了很多甜食。"

姨妈和茧子给的点心她都没有忍住吃了，而且在自助店也吃了很多蛋糕。另外，因为压力过大，在半夜搜刮冰箱里的食物也不是一次两次。

"虽然厌食症和贪食症很多时候会被认为是两种相反的情况，但它们也有可能同时发生。这种情况多是吃了吐、吐了吃这一过程的循环，这时手上通常会形成因催吐造成的伤疤。露跟我说过你手背上贴有创可贴的事。"

三叶在桌子下面用自己的左手遮住右手手背，从那天露看到她的手并表示担心后，她的手背上就一直贴着创可贴。

因节食带来的压力不断积累，到达极限时就会一次性大量进食，可是在产生饱腹感后又会被自责感淹没。于是，在营养被吸收导致变胖之前，可以采取的行动就只有一种——那就是将胃里的东西吐出来。

就这样，三叶不断将手指伸进喉咙深处诱发呕吐，在这个过程中牙齿碰到右手手背产生伤疤，创可贴自然就变得不可或缺了。

母亲以前有一次和她说厕所味道很难闻。其实在那之前，三叶将在甜食自助店吃的蛋糕全都吐了出去，大概是因为胃液以及呕吐物的味道还没有散去吧。另外，牙齿发黄应该也是呕吐造成的，频繁接触胃酸的话牙齿肯定会有反应。

"只是如果瘦到福田小姐这个程度的话，周围的人无论是谁都会担心的。"

即便麻野说她瘦，她自己也无法相信。

通过身高和体重来计算，表示身体质量的 BMI 指数（体质指数）显示，身高为一百五十七厘米的三叶，适宜的体重是五十千克左右。

但是如果以从事模特职业的女性为参照物的话，以三叶的身高来说，体重不能超过四十千克。而且，能够成为模特的人一般都和母亲及香菜子一样，天生就拥有美丽的容貌和体型优势，因此，三叶必须要付出超乎常人的努力，否则就无法获得母亲的认可，也是因为这样，三叶才没有停止减肥。

解释完以后麻野再次看向三叶的眼睛。

"虽然我自作主张和你说了这么多，但说到底我终究是个外行人。因此关于治疗，最好还是请专家看看，请你去看医生吧。"

麻野站起来走向柜台内侧，回来时手里拿着南瓜浓汤，他将其放到三叶面前。

"如果还是不想吃的话，请不要勉强自己。"

"为什么麻野店长对进食障碍症知道得这么详细呢？"

"因为以前有一个认识的人也是这样。"

避开三叶目光的麻野似乎在隐瞒些什么。

三叶重新看向眼前的南瓜浓汤。和刚才不同的是，表面没有点缀鲜奶油。将勺子放入后，她发现汤没有刚才的浓了。

三叶先深呼吸了一下，然后坚定决心，将汤含入口中。

汤经过降温处理，不会感到烫，口感很清爽，虽然可以吃出是南瓜，但味道不是那么浓厚。

三叶不经意间看向自己拿汤勺的手。

在她自己看来只是没有多余的脂肪，可是在麻野还有茧子他们看来，是不是已经到了瘦到不忍直视的程度了呢。

三叶闭上眼睛，诉说出心里所想。

"我会去医院的，但是我不认为自己可以抑制住想要变瘦的这种心情。"

"没必要抑制啊。"

三叶睁开眼，麻野微笑着说道："想要变瘦这种想法大家都有，这是非常自然的情绪。我自己也为了保持体型在定期锻炼，关键是不要过度恐惧发胖。"

想要变瘦是很自然的事。

听到麻野这么说，三叶感到心里好像轻松了几分。

她喝了三分之一的浓汤后打算回家，麻野将她送到了店门口。外面的雨已经停了，柏油马路上聚集的水洼反射出乌云消散后的天空。

打开门后看到玄关处胡乱放着一双花哨的凉鞋，三叶一眼就认出了它的主人，走进起居室果然看到香菜子坐在那里。

"你怎么在这里？"

"茧子打电话告诉我你没有在学校，她还在电话那头哭了。"

三叶也坐了下来，香菜子一直咬着嘴唇，看上去心情不佳。从祖母那一代留下来的挂钟不断传来滴滴答答的声音，率先打破沉默的是香菜子。

"上次来找母亲借包时，看你突然瘦了那么多吓了我一跳。"

"那时你说我很恶心。"

"因为真的很瘆人啊！任谁看着都像营养不良，所以我有些害怕……"

三叶开始减肥前的体重是五十六千克，从 BMI 数值来看算是正常体重，但是在世人眼里属于微胖的体型。

因此三叶变得不再相信 BMI 数值，下决心减肥。在一个半月的时间里瘦了十多千克，和香菜子见面那时，体重已经掉到了四十五千克左右。

那天香菜子回家后为这件事打电话来联系了母亲，可母亲似乎认为变瘦是很正常的事，并不打算干预，于是香菜子只好自己想办法。

香菜子先联系了姨妈和茧子请她们帮忙，然后在调查三叶的近况时发现了她和寿士几人出去玩的事，由此想到了借用寿士的力量的办法。

"为什么不直接对我说，要绕这么大一个弯呢？"

"如果我直接跟你说，你肯定会拒绝吧。你从高中开始就一直在躲着我吧。"

正如香菜子所说，即便香菜子把食物直接拿到三叶面前，她肯定也不会接受。

香菜子拜托几人多给她吃点心之类的食物，是因为她知道三叶对甜食毫无抵抗力。但她又担心这样会造成营养失衡，所以也拜托了姨妈寄一些甜食以外的食物。

香菜子突然颤抖着肩膀。

"母亲太不正常了。姐姐突然瘦成这样，为什么她什么也不说呢！"

母亲对美的标准比常人要苛刻得多，对于三叶的体型也是如此。即便已经低于标准体重，也还是让她继续努力。

香菜子继续诉说着对母亲的不满。

"我就是任由母亲摆布的洋娃娃，衣服只能穿母亲挑选好的，连成为模特也是母亲决定的，每天被母亲束缚着，感觉自己快要窒息了。在听到父母离婚的决定时，我觉得逃离她的机会来了，所以我才会跟着父亲走。"

香菜子抓着三叶的手臂，宝石一般的双眼中滚落下大颗的泪滴。

"我一直很崇拜姐姐。"

听到香菜子突如其来的告白，三叶有些怀疑自己的耳朵。

"我总是缺乏耐性，做什么都无法长久，只会讨好别人，连个交心的朋友也没有。可是姐姐不一样，大家都喜欢你，亲切地喊你阿福。而且你还拥有无论失败多少次，也绝不放弃坚持到底的强大内心。"

三叶一直都想成为香菜子，可她做梦也没想到，两姐妹竟然抱有相同的想法。

"高中的时候也是，我以为只要有了约会的经历，比起我这种人，前辈一定会选择姐姐，可完全没料到姐姐你会因此那么生气……"

三叶突然想起了小时候的记忆，胆小的香菜子总是像生气了一样绷着一张脸。她对三叶采取的种种态度，或许只是因为她感到害怕罢了。

"你讨厌我也没关系，但是求你别再瘦下去了，一定要好好吃饭……"

三叶轻轻抱住了一直流泪的香菜子。

"我知道了，所以不要哭了。"

三叶已经远比她一直憧憬的香菜子还要瘦，泪水逐渐打湿她的上衣。就像从前一样，三叶温柔地抚摸着香菜子的头发安慰她，房间里只剩下香菜子的抽泣声。

两个月后，三叶带着香菜子来汤店雫吃早餐。

自那之后，香菜子就像要填补高中以来的距离一样，经常赖在三叶家。但是，和暑假假期很长的大学生不一样，职业学校的暑假只有两周左右。香菜子昨夜也睡在自己家，可从今天起三叶必须去上学了，因此三叶一大早就叫醒了昨晚熬夜的妹妹，带她来到了这家意义不同的餐厅。

香菜子凭借她开朗的性格，马上就和在店里吃早餐的理惠及露她们熟络起来。但即使看到这样的场景，三叶也不会产生嫉妒心了。

今天的每日一汤是小松菜豆乳凉浓汤，轻微的苦味更加刺激了食欲，香菜子似乎也很喜欢。小松菜富含钙，可以预防减肥时容易引起的骨质疏松；而豆乳富含异黄酮，可以起到调节激素平衡的作用。

　　听从麻野的建议，三叶去精神内科接受了治疗。此外，她自己还找来专业书籍了解了容易患进食障碍症的人的特征。

　　首先，因为患这种病的人多会过度关注体重，因此女性比男性更容易患上。

　　另外，人们普遍认为引起这种疾病的病因是极度缺乏自尊心，因为深信自己很没用，导致极度厌恶自己的外表，最终影响到正常的进食行为。

　　而究其背后的深层次原因，则多和家庭问题有关。例如在父母极强的支配欲下长大的孩子，还有被培养成什么都听从父母、没有自己主见的孩子，患上进食障碍症的概率都会增高。

　　她和母亲的关系仍然没有改善。虽然她和香菜子曾找母亲谈过一次，但母亲并没有听进去两个女儿的意见。即便说出一直以来的不满，母亲也坚持"没有这种事""那是你们的错觉""我的教育方式没有错"。

　　母亲坚信自己是正确的，或许要改变她的想法根本不可能。

　　不过三叶渐渐开始觉得其实也没有必要完全理解对方。虽然存在血缘关系，可父母和孩子终究是不同的个体，价值观不同也无可厚非，而且这无关于爱。虽然母亲今后可能会对女儿没有成长为她希望的样子感到不满，但想必这也是孩子离开父母以及父母放开孩子这一过程中所必须经历的伤痛吧。

"姐姐，这个汤真好喝。"

体重降低到极度危险状态的三叶，经过两个月时间的恢复，还差一点就可以从 BMI 数值显示的"过瘦"变为"偏瘦"了。虽然对于发胖的恐惧心理并没有完全消失，但她正努力一点点恢复到标准体型。

三叶笑着回应香菜子，将淡绿色的汤含入嘴里，感受着汤顺着喉咙进入五脏六腑的愉悦。

第四章

待到黄昏时

1

　　奥谷理惠已经连续工作了半个月，作为补偿，她申请了工作日补休。面对久违的假期，她将时间花在打扫房间和买东西等家务上，等做完这些，休假也结束了。时隔两日继续上班，因为睡眠充足的关系，妆容也无可挑剔。

　　校对刚结束的《IRUMINA》编辑部正在享受着难得的悠闲时刻。

　　"那么，这个月也继续努力吧。"

　　理惠大大地伸了一个懒腰，将目光转向白板上的行程表。主编布美子因为搬迁新居申请了带薪休假。最近录用的新人也渐渐开始熟悉业务，今天请了半天假，预计下午来上班。

　　就在这时，长谷川伊予一脸倦怠地来到公司。

　　"啊，奥谷前辈，你知道吗，昨天中午我在汤店零用餐时发生了一件很有趣的事！"

　　一看到理惠，伊予便打开了话匣子，理惠本来是想和她交换一下新开业店铺的信息，但听到是有关零的事，也不由得来了兴趣。

　　理惠通宵工作的前天晚上，伊予做完了自己负责的页面赶末班电车回家了。第二天因为下午有一个会议，伊予便打算在零用完午餐后去上班。

伊予在午餐开始时间，即十一点半之前就到了。店门前还挂着"CLOSED"的牌子，她便在门前等着，就在这时一名女性突然从店里飞奔出来。

那名女性眼含热泪，随着铃铛的声音跑远了。不久后麻野走出店里，将支架黑板放在店前。

"欢迎光临，长谷部小姐，今天您一个人吗？"

"啊，是。"

麻野将牌子翻转成"OPEN"，若无其事地将伊予领进店内。惊愕的伊予什么也没能问出口，随着他进入店里。在她喝着今天的每日一汤——中国风药膳期间，麻野也表现得和平常毫无二致。

伊予说完后指了指理惠。

"凭我的直觉来看，那个女人一定是向麻野先生表白了，但麻野先生没有接受，所以她才哭着跑出了店里。麻野先生长得又帅性格又好，还是人气店的主厨，你可千万不能掉以轻心啊。"

"那名女性长什么样子啊？"

对伊予的调侃不置可否，理惠问起那名女性的特征。

"我想想啊……"

伊予只模糊地记得是一个打扮较为花哨的女性。但有一个特征却记得很清楚，就是眼角的泪痣。有泪痣的人看上去很妩媚，真让人羡慕啊，说完伊予好像对自己的话表示赞同一样点了点头。

"那个人我也有印象。"

"真的吗？难道她也当着前辈的面表白过？"

"昨天早上我也去了零。"

前天晚上，理惠结束工作时已经半夜了。她在公司小睡了一会儿，睁开眼时正好快到零的早间营业时间，于是她决定先去零吃完早餐再回家。

"我到店里不久，一组三名女性的团体客人进入了店内，其中的一个女性就和你刚才说的特征相符。"

"也就是说，那名女性在早间营业后过了几个小时，又在午餐时间返回了零。"

"看来是这样。"理惠双手抱臂，继续小声说道，"实际上，昨天发生了一件差点就闹到要报警处理的事。"

"真的吗！听起来很有趣哎，快告诉我是怎么回事。"伊予身休前倾，饶有兴趣地问道。理惠感觉上虽然是前天的事，但从日期上来说是昨天早上，她回忆起当时的情景。

2

走出公司的一瞬间，初夏耀眼的阳光照射下来，理惠连忙用手挡住了光线。尤其是彻夜工作的早晨，阳光更加刺眼。若是平常的话她肯定会直接回家，但疲惫的身心渴求着补充营养。

"不知道今天的汤是什么呢……"

清晨的街道行人非常少，反而乌鸦的数量可能更多。车道上也没什么车辆，理惠拖着沉重的步伐行走着，呼吸着尚未被尾气污染的清新空气，像叹息一般深深呼吸了几下。

被商业写字楼夹在中间的老旧建筑物的一层——汤店零今天也在开门营业。

打开店门，麻野一如往常地露出温和的笑容迎接她。从第一次来这家店已过去了九个月，如今理惠以每周至少三次的频率来这里用餐，时间的话早上，中午或晚上不定。最近早间营业时间多了不少面孔，比如伊予、三叶和香菜子姐妹、椎名和星乃等人，但今天只有她一个人。

理惠坐在了门口附近的桌式席位上。

店内飘散着一股不同于往常的高汤的香味，内侧的黑板上写着今天的菜单是中国风药膳，理惠这才注意到这股味道原来是芝麻油和香葱散发出来的。

"今天是中国料理吗？"

"我以前就想研究药膳了，于是买了不少食材回来尝试。今天也是每口　汤吗？"

"是的，我很期待。"

理惠一边满心期待，一边去拿面包和饮品。竹篮里放着各种刚烤好的面包，但今天有一种白色蒸面包是往常没有的，用夹子轻轻一夹便凹下去一块，足见它的柔软。大概是为了搭配今天的每日一汤以中国的馒头为原型试制的新种类。另外饮品区还准备了乌龙茶，理惠决定两者都尝试一下。

"久等了。"

刚回到座位，麻野就将料理端了上来，和盛在深厚的淡蓝色器皿里的汤一起端来的还有一小碟辣油。

汤看上去很清透，应该是被称为清汤的种类。半透明的绿色食材是冬瓜，黑紫色的犹如干果一般的应该是枣。另外还放入了鸡肉丸、油菜，以及切成细丝的生姜等。

黑色板子上写着冬瓜、枣及生姜有消除浮肿的作用，对熬夜工作的理惠来说再合适不过了。

用勺子舀一勺放入口中，鸡肉汤汁的味道逐渐在舌尖蔓延开来。虽然和高汤一样都是用鸡肉炖的，但和芝麻油及芳香蔬菜组合后给人以全新的口感。冬瓜煮得很烂，轻轻一嚼里面渗入的汤汁就会溢出来。

柔软的鸡肉丸加上油菜的微苦味、枣浓郁的甜香味、生姜丝的辣味，每种味道都很值得回味，醇香的汤汁更是将几种味道都融合在了一起。味道偏淡的蒸面包和汤非常搭配，乌龙茶则可以起到爽口的作用。

"不愧是麻野先生，做中国料理也是这么好吃。"

"能合您的胃口真是太好了，可以按照自己的喜好加入本店特制的辣油试试看。"

理惠凑近装辣油的小碟子一闻，一股花椒及肉桂等香辛料混合后的香味传来，可以想象加入辣油后味道肯定会变得完全不一样。她都有些等不及了，但是原本的味道也很难割舍，于是理惠决定吃到一半后再加入辣油。

就在理惠犹豫要不要吃一个普通的面包时，门口的铃铛响了。

"这种时间真的在营业啊。"

"我说的没错吧。"

三名女性一边说话一边走进店里，年龄应该都在二十五岁左右，是理惠不认识的面孔。

"早上好，欢迎光临！"

看到出来迎接的麻野，留黑色长发的高个子女性眼里闪过一丝光芒，她身穿米色的罩衫配百褶裙，戴着无框眼镜。

"哇，店长好帅啊，是我喜欢的类型。"

"喂，凛，我说你自重点，你不是刚订婚吗？"

由于几人声音很大，理惠完全可以听到她们聊天的内容。从几人的妆容及头发有些散乱可以看出，她们应该是玩到通宵。被称为凛的女性经过理惠身边时，左手无名指上折射出了闪耀的光辉。

麻野将几人领到座位上，开始说明早餐的流程。虽然三人对早餐只有一种汤显得有些不满，但最终还是表示理解。

在取面包和饮品的过程中，三人也一直在聊天。

"清香，你是怎么知道这家店的？"

因为店内没有背景音乐，对话的内容就听得更清楚了，让人真切地感受到宁静的早晨在人开始活动之后会变成怎样一个充满噪音的环境。

"我是从学生那里听来的，是一个叫阿福的很有人缘的孩子。"

阿福是这家店的常客，理惠也认识她，是一个很爱笑的职业学校的学生。两人还聊过几次，是个善良的好女孩。

这名叫清香的女性应该是学校的教职员吧。刚才出言提醒凛的也是她，到肩的中长发染成深褐色。身穿 T 恤套开襟毛衫，搭配紧身牛仔裤，给人感觉很清爽。

剩下一名女性留着金色卷发，穿一件花纹样式的花哨连衣裙，右眼下方的泪痣令人印象深刻，她一直没有参与到会话中只是附和着两人。

对于端来汤的麻野，凛亲昵地搭话道："这个对消除浮肿很有作用吧。因为我们几个玩到通宵，脸和脚都肿得很厉害。"

"看来几位昨晚玩得很开心啊。"麻野温和地笑着说道。

不同于情绪高涨的凛，清香很有礼貌地解释道："我们三个是高中同学，因为庆祝凛订婚聚到一起，为了今天还特意调整了休假日，真的好久没有通宵唱歌了。"

学生时代的关系一直延续至今。进入社会之后由于休假很难凑到一起，所以见面的机会也会减少，但即便如此还能保持联系的才是真正的朋友吧。

麻野返回厨房后，三人继续聊起来。

"他说蜜月想去秘鲁，但是也太远了吧。"

几人聊到新婚旅行的话题，自从开始在《IRUMINA》工作，理惠就和旅行无缘了。听到几人谈论关于旅行的话题，虽然明知这样很失礼，理惠还是忍不住竖起了耳朵。

听到秘鲁旅行，清香苦笑道："那家伙以前就对印加帝国[1]什么的感兴趣，看来他还和小学时一样呢。"

"我完全无法想象他小学时的样子，下次拿毕业相册给我看看吧。"

"南美感觉治安很差，没问题吗？"

有着迷人泪痣的女性第一次开口说话，可能是熬夜的关系感觉很累的样子。听到她的话，凛点了点头。

"就像由梨乃说的，这也是我最担心的。所以我特意上网查了一下，结果发现了一个很有趣的防范对策。"

凛好像很开心似的说起了发生在一名女性身上的事。

这名女性在海外旅行途中，不慎包被偷走。钱包和护照都在包里，而且旅行地距离酒店也有一段距离。在语言不通的情况下，该女性因为事先藏在身上的钱才得以抵达大使馆寻求帮助。

---

1. 印加帝国：是 11 世纪至 16 世纪时位于美洲的古老帝国，帝国的政治、军事和文化中心位于今日秘鲁的库斯科。——译者注

说到这里，清香插嘴道："我也听过这件事，她把钱藏在了胸罩的垫子里。"

"不要在我前面说出答案好吗！"

"不过，如果是凛的话，肯定会直接洗了吧，毕竟你从高中时就爱丢东西。"

"的确是这样没错……"

听到由梨乃的话，凛嘟起嘴唇说道。看到她这个样子，清香和由梨乃都笑起来，随后凛也跟着绽开了笑颜。几人笑了一阵，清香轻轻地叹了口气。

"那家伙竟然要和凛结婚了啊。不要嫌我烦，我再确认一遍，你确定要选那种家伙吗？"

"当然啊。像他那么温柔的人上哪儿去找，我真的很感谢清香你介绍我们认识。"

凛的语气变得柔和起来，从温和的表情上也可以看出她对未婚夫的感情。

"既然这样我也无话可说。"

虽然对凛的变化略显困惑，清香还是耸耸肩点了点头。

到此为止，理惠便没有再听她们讲话，专心吃着早餐。

因为汤已经喝到一半，理惠打算放入特制辣油。将小碟子里的辣油倒入汤中，只见表面形成一层红色油膜，看上去和火锅一样。

用汤勺舀起一口放入口中，辣味并不是很强烈。花椒、肉桂、八角等香辛料的香味在口腔中扩散开来，清澄的口感一下子变成复杂而强烈，刺激着早晨刚起床尚未完全苏醒的身体。

"凛下下个月就要辞掉现在的工作了吧，真羡慕啊。"

继旅行的话题之后，这次又谈到了工作。理惠的耳朵灵敏地捕捉到了工作一词，仿佛大脑会对感兴趣的话语自然地做出反应。

面对语气低沉的由梨乃，凛和清香看似很担心地挺身说道："虽然这么说可能有点多管闲事，但我还是觉得由梨乃不适合陪酒女郎的工作。"

"我也这么认为。而且，你不是一直梦想开一家花店吗？"

由梨乃低着头，慢慢摇头说道："但是，我爸的公司业绩下滑，家里经济很拮据。我也想报答收留之恩。"

空气一下子变得沉重起来，理惠开始反省自己不该偷听谈话内容。

"啊！"

突然，凛大声叫道。理惠反射性地抬起头向几人看去。只见凛面前的一个小碗倒了，里面的汤洒了出来，大概洒到了手上，凛看着自己的手。

"没事吧？"

麻野拿着湿毛巾快步走来，清香和由梨乃分别抽出纸巾塞给凛擦拭桌子。理惠虽然也想去帮忙，但又觉得会添乱所以放弃了。麻野有些担心烫伤的问题，但因为汤已经凉了所以并没有事。

"我去洗个手。"

凛拿着手提包快步走进了洗手间，这之间麻野又拿来了新的小碗和汤勺。理惠也有些想上洗手间，于是她决定等凛出来就去。

"刚才吓到大家了，真是对不起。"

过了几分钟，凛从洗手间回来，向麻野和朋友们道歉道。

"您的包好像湿了，请用。"

看到凛的手提包底部好像沾上了水，麻野递给她几张纸巾。

"啊，真的，让您费心了。"

一边听着几人的对话，理惠起身走向洗手间。

打开门，小小的空间内首先映入眼帘的便是洗手台。

里面打扫得非常干净，还装饰着应季花朵，今天是黄色花蕾的切花，其中有一朵眼看就开放了。另外，洗手台旁还十分贴心地准备了一次性牙刷和纸杯等便利用品。

而里面还有一个门，打开后便是卫生间。

理惠从卫生间出来洗手时，发现洗手台一侧有水迹。这块空间刚好够放一个包，大概是擦拭的时候没有注意到吧，理惠用纸巾将水迹擦干净后才出洗手间。

回到座位后，理惠有意识地不去听三人的谈话。一边将脑袋放空，一边悠闲地喝着茶，享受着这奢侈的时间。

"我们差不多该走了。啊，我去趟卫生间，等我一下。"

"我也去补个妆。"

等回过神时，三人已经准备要回去了。清香先站起来，接着由梨乃也离开座位，两人并排向洗手间走去，期间凛先支付了自己的部分。对消除水肿有效，也就意味着有利尿作用，包括理惠在内的几人使用洗手间的频率增高并非偶然。

几分钟后，清香和由梨乃同时回来了。在两人分别结账时，三人也一直在聊天。

"啊！"

忽然，凛垂下视线，大声叫道。她眼睛看着的地方正是由梨乃的鞋子。

"不好了，你的鞋子脏了，这是辣油的颜色吧。"

"啊，被你发现了。我用手帕擦了但是怎么也去不掉。"

"抱歉，都是因为我，我付你清洗费吧。"

"没关系的，这双鞋也不贵。"

由梨乃穿着白色的浅口鞋，红色的油污尤为显眼。

凛好几次提出赔偿，但都被由梨乃拒绝了，三人就这样走出了店里。门关上的一瞬间，店内又恢复了清静。

"这么热闹的早餐还是第一次呢。"

理惠这么一说，麻野便浮现出一丝苦笑。

"我觉得偶尔有这样的早晨也不错。"

"嗯，也是。哎？"

理惠察觉到店内深处的门边似乎有人影，是麻野的女儿露窥探似的看着店里。

"早啊，露。"

"早上好。"

理惠朝她打招呼后，露走过来坐在椅子上。刚坐下麻野就将露的早餐端来了。

"早上好，露，今天是中国风药膳。吃到快一半后，加辣油试试看吧，不过小心辣哟。"

"嗯，我知道了。今天好像也很好吃呢，我开动了。"

露双手合十后将汤含入口中，接着便绽开了满面笑容。光是看到这幅情景，理惠就觉得疲劳感似乎一下子消失了。

"你今天下来的有点晚呢。"

露今天下楼的时间比平常晚了十分钟左右。

"虽然我也想和理惠姐姐一起吃……但有几个说话声音很大的人。"

在露看来，刚才的三名女性似乎有些吵。

"另外，总觉得有些害怕。"

露好像从三人那里感觉到了什么。

"为什么会这么觉得呢？"

理惠如此询问后，露歪着头想着。露是一个很敏感的孩子，像是过度劳累或怀有伤心事等情感，她都可以敏锐地感知到。麻野在柜台对面用菜刀灵活地削着土豆皮。

露不太确定地开口说道："拿着很可爱的包的女孩子，虽然大家

146

都说很羡慕她，但那个女孩子不在的时候，好像又在说一点也不适合她。而这种感情似乎是冲着那个长发的人……对不起，我也说不好。"

"也就是嫉妒，对吗？"

"我也不清楚……或许是吧。"

看来对于小学五年级的露来说，这种人际关系过于复杂了。不过露的确从三人身上感受到了类似的情感。

突然，门口的铃铛剧烈摇晃起来。

理惠和露同时看向门口，只见刚离开店里的三名女性中的一位——凛慌张地冲进店内，大声说道："对不起，我把戒指忘在店内了！"

3

凛慌忙跑进洗手间，几分钟后一脸惨白地回到店内。

"没有。我记得明明放在了洗手台旁边……"

凛颤抖的手指上不见戒指的踪影。据凛所说，因为手上洒了汤，为了洗手，她把戒指摘下放在了洗手台旁。之后忘记戴上，就这样出了店里和朋友们道别了，在上地铁时才发现戒指不见了。

理惠回想起进入洗手间时的情景，洗手台旁边应该没有戒指。由于空间小且有照明，若是有闪耀的宝石的话，她应该会发觉才对。

这时理惠注意到凛一直在盯着她看。思考理由，理惠想起凛之后紧接着进入洗手间的便是自己，从现在的情况来看，理惠拿走戒指的可能性最高。麻野低头对凛说道："没有发觉您的这一情况真的非常抱歉，我再去确认一下。"

麻野走进洗手间后，店内只剩理惠三人。不顾一脸担心的露，凛继续向理惠投来怀疑的目光。

"那个戒指是我未来的婆婆给我的，是我未婚夫家代代相传的东西。若是被他们知道我弄丢了戒指，很有可能取消婚约……"

如果真的如此重要的话为何不放在家里，虽然这么想，但也有可能是为了给多年的好友看才带出来的。

凛低垂视线，果断地说道："如果找不到的话，我就去报警。"

"请等一下，报警会不会有点早，还是先仔细找找看吧。"

听到这种不适当的发言，理惠一着急便脱口而出。

"难道你做了什么亏心事，不好让警察知道吗？"

即便是报警处理理惠也不怕，但对于餐饮店来说报警事件绝非好事。越是毫无根据的传言散播的就越快，到时肯定会影响店里的生意。

这时，露突然开口对凛说道："理惠姐姐绝不会做坏事。"

洗手间的门打开，麻野举着一只手臂走了过来。他两根手指中间夹着的东西在灯光的照射下反射着光辉。

"您要找的是这个吗？"

"没错，是在哪里找到的？"

"是在一处很难察觉的角落里找到的。"

凛激动地伸出手，麻野将戒指交还到她手中。凛紧紧地握住戒指，十分珍惜般地双手合十放在胸口。

"我明明已经找得很仔细了……"

大概是找到丢失的东西后满足了吧，凛向麻野道谢后离开了店里。在离去之前她和理惠四目相对，但凛只是表情尴尬地移开了视线。

凛一回去，理惠便觉得一股疲劳感向她袭来。虽然并非什么大事，但因为受到了怀疑所以还是有些紧张。另外，因为熬夜工作身体原本就很疲惫。理惠结完账打算离开，露为了送她也站起来，理惠摸了摸她的头。

"露，刚才谢谢你祖护我。"

"下次再来啊。"

理惠挥手向露告别，走出店内。道路上车辆如梭，充满了噪音。理惠坐电车回到家中，洗完澡后躺上床，等一觉醒来时已经过了中午。

在只有两人的《IRUMINA》编辑部，理惠向伊予说明道。

听完，伊予双手抱臂思考着。她也同意零的洗手间用不了一会儿就可以找个遍，然而凛在里面找了数分钟没有找到的东西，麻野却立马就找到了，对此伊予感到很疑惑。

"洗手间里的东西有梳妆台，洗手池还有牙刷等用具。墙壁上的擦手纸架也有点可疑。水龙头一旁放有洗手液和花瓶，昨天的花是柠檬萱草。"

"那个花原来叫这个名字啊。剩下的可疑之处就是垃圾箱了，但早间营业时垃圾箱一般都是空的。昨天我扔擦手纸时，里面还什么都没有。"

想必凛擦手时用的是自己的手帕。

理惠再次回忆起梳妆台和墙壁的连接处、地面等地方，但还是想不起哪里有可以藏戒指的空间，而且这些地方找起来应该也毫不费事。

"难道是有人故意将戒指藏了起来？最可疑的就是在午餐开业前来店里的那名打扮花哨的女性，不过那名在三叶就读的职业学校任职的女性也有嫌疑。"

"为什么？"

"因为她和朋友的未婚夫是青梅竹马的关系吧。万一她对男方也有意已久，但却被朋友抢走的话，很有可能出于怨恨藏起戒指，让两人的婚约化为泡影，不是吗？"

在谈到秘鲁旅行的话题时，清香说到了凛的未婚夫小学时代的事情。由此可以看出，清香应该在凛和由梨乃之前就认识了凛的未婚夫。

之后两人又试着推理了一番，但立马就遇到了瓶颈，于是只好回到工作当中。伊予在白板上写下"外出直接回家"后，在三点左右离开了公司。理惠在拜访完美容院和新店铺后，准时下班了。

翌日早晨，理惠去了汤店雫。这次她没有坐在桌式席位而是柜台席上，黑字板子上写着今天是中华火腿味中国风药膳。

麻野在柜台内侧准备着沙拉。像蔬菜及料理的准备工作一般都在柜台内侧的水槽边进行，而需要用到火的则多使用里面的厨房。

"今天也是中国料理吗？"

"因为我把感兴趣的食材基本上都买了一些，为此还被慎哉君训了一顿，说我买太多了。不过，今天的味道和昨天有所不同哦。"

慎哉是汤店零的男性员工，主要负责待客人和挑选红酒等饮品。虽然外表给人以轻浮的感觉，但听说性格很认真，令人意外的是他还担任店里的会计工作。

在早餐上来前，理惠先去了洗手间。里面的陈设和昨天一样，只是昨天还是花蕾的花朵已经绽放了。是一种外表很像百合的黄色花朵，昨天听伊予说它叫柠檬萱草。

她又确认了一遍，还是觉得这里没有什么需要花时间找的地方。如果是在水管里的话，麻野也需要一定的时间才能找出来，他也肯定会向凛说明。

理惠没有任何头绪，只好回到座位，随后麻野将汤端上。虽然今天的汤看上去和昨天一样透明，但加入的食材却不一样。

里面有一种像葫芦干一样的黄褐色、形状扁平且细长的食材，理惠既没见过也没吃过。黑字板子上写着金针菜[1]的字样，想必就是它了吧。根据说明，其铁含量为菠菜的二十倍，另外还含有具有抗抑郁效

---

1. 金针菜：别名金菜、南菜、黄花菜、萱草花、忘忧草、川草花、宜男花、鹿葱花、萱萼，是人们喜吃的一种传统蔬菜。——译者注

果的色氨酸以及具有安眠功效的褪黑激素。汤里还加入了枸杞、木耳等常见的食材。

"我开动了。"

昨天是鸡肉炖的汤底，但今天的汤汁是中华火腿熬制。金针菜口感鲜嫩爽滑，有点像野菜，是理惠喜欢的味道。

"今天的汤也十分好喝。"

"谢谢。"

虽然还尝到了几种有些像中药的香料的味道，但因为太过复杂，理惠根本说不上来。不过不用在意配料，只单纯地沉浸在深奥的风味里也未尝不是一种幸福。另外，粉丝、木耳、竹笋等中国料理中常见的材料也充分地吸收了汤的精华，十分入味。

理惠一边喝着汤，一边犹豫着要不要开口询问昨天的事。因为她觉得随便探听其他客人的事是不礼貌的行为。

麻野将切好的大量生菜装入一个塑料筐，手继续忙活着，然后突然开口道："奥谷小姐很在意前天戒指丢失的事件吗？"

忽然听麻野这么说，理惠差点呛到。

"看得出来吗？"

"因为那天回去时您好像很在意，刚才也似乎去洗手间又确认了一遍。还有长谷部小姐想必跟您说了午餐开始前发生的事，因此我想着二位可能在公司讨论过了。"

看来全部都被麻野看透了，理惠如实回答道："说实话我很在意，我想不通戒指到底藏在哪里，还有为何由梨乃小姐会返回店里。但是因为这件事与我无关，所以我不知当不当问。"

"我从露那里听说，那天丢失戒指的女士曾将怀疑的目光投向奥谷小姐，而且您还阻止了她拨打报警电话。因此奥谷小姐也是当事人，有权利知道事情的原委。"

麻野将控去水分的生菜移入塑料盒中，然后将其放入柜台下方的冰箱，之后停下手里的工作，仔细地洗了手。

"那时，戒指就被藏在洗手台的某处。不过，奥谷小姐还记得那日，几位客人进入洗手间的顺序吗？"

因为已经和伊予梳理了一遍，理惠马上就答了上来。

最先进入洗手间的是凛，因为她不小心将汤洒在手上，为了洗手摘下了戒指后来忘记戴上，这也是事情的开端。而紧接在凛之后进入洗手间的是理惠，她也因此遭到怀疑。

"那我首先从戒指的去向开始进行说明吧。"麻野开口道，"那天丢失戒指的那位客人，从洗手间回来后手提包的底部沾到了水，想必她把包放在了洗手台一侧。"

"那时洗手台的确也湿了。"

理惠用洗手间时，发现一侧的台子上有水迹，还有用布擦拭的痕迹。

"听那位女士说戒指放在洗手台上，所以我想是她在拿包时不小心碰掉了戒指。"

也就是说理惠在洗手间时，戒指已经滚落在地，因此理惠才没有察觉。

其后过了一会儿，清香为了上卫生间站起身来，由梨乃也说要去补妆，因此两人一同进了洗手间。

"那两个人回来时也是一起。"

"确实是这样。"

从两人一同回来这一点，麻野推断清香在进入卫生间时，由梨乃一直站在梳妆台前补妆。

"头发染成亮色的客人那天说浅口鞋上被溅到的辣油很难去掉，而为了擦拭鞋子上的辣油，就必须得蹲下去。想必，她就是在这时发现了掉在地上的戒指。"

"也就是说，捡到戒指的是由梨乃小姐吗？"

"正是，大概是觉得带在身上太过危险吧。毕竟失主突然发觉忘记戒指的可能性很高，而且放在洗手台上的戒指不见了的话，嫌疑人也很容易锁定。因此她将戒指藏在了洗手间的某个地方。"

由梨乃那天穿的是连衣裙，随身携带的东西也只有一个包。假设真的遭到怀疑需要检查物品或搜身的话，相信很容易就会被找到。还有藏在胸罩里的方法因为几人才讨论完不久，所以也不便使用。

"所以说，戒指究竟被藏在了哪里呢？"

麻野嘴角微微上扬，指了指面前的汤。

"其实线索就藏在今天的汤里。"

理惠看着眼前的汤。浸入肉和蔬菜颜色的汤表面漂浮着油脂，里面有切碎的火腿、红色的枸杞、黑色的木耳以及大量金针菜，她刚才喝了一口，除了十分美味，什么也看不出来。

"我认输。"

理惠这样一说，麻野便从厨房拿来了一种土黄色，扁平且干枯的植物。

"这是什么？"

"这是还没有用水泡过的金针菜，是一种百合科的植物。将花瓣的部分晒干后，便成了一种主要在中国台湾地区食用的中药食材。"

原来麻野刚才说的线索指的是金针菜，不过理惠还是不明白是怎么回事。她向麻野投以求助的目光，麻野恶作剧般地微笑着说道：

"戒指就藏在柠檬萱草的花苞里。"

4

得知答案的理惠马上来到洗手间。

柠檬萱草和金针菜一样，同是百合科萱草属的植物。洗手台旁边的花瓶里开着很像百合的黄色花朵，理惠用手机搜索金针菜的原材料后，出现了和柠檬萱草很像的花朵。

"原来放在了这里啊。"

理惠轻轻碰了碰还未绽放的花苞，又长又细的花苞应该足以承受一颗戒指的重量。一般的花苞虽然比较硬，但若是快要开放的花苞，应该可以将戒指塞进花萼中。

理惠回到座位，继续倾听麻野的推理。

"那天我听到其中有一位客人的梦想是开一家花店，所以以防万一查看了花苞，结果真的发现了戒指。另外，我猜想那位客人会在午餐开始前返回店内，也是因为她知道这种花会在傍晚开放的特性。"

柠檬萱草这种花的特点是在白天一点点张开，然后在傍晚时分完全绽放。所以，隐藏在花苞中的戒指很有可能在傍晚前掉下。

另外，也有可能在打扫时不小心掉落被店员发现。最坏的情况下，甚至被客人或店员拿走。想到这里的由梨乃放心不下，才会在午餐开业前返回店内打算拿回戒指。

听麻野说，由梨乃在开店前透过窗户说想要用一下洗手间，于是麻野将在花苞中找到戒指，并已经将戒指归还给凛的事情告知了她。由梨乃听完后，一副泫然欲泣的表情问道："这件事你对凛说了吗？"

之后，麻野在店内和由梨乃谈了十五分钟左右。

由梨乃还在上幼儿园的时候父母双亡，被一对没有孩子的远房亲戚收养。但是在她上小学时，那对夫妇有了自己的儿子，之后她便过着寄人篱下的生活。听说她当陪酒女郎，也是为了给即将升学的弟弟赚取学费。

"我很羡慕凛。"

对于隐藏戒指的动机，由梨乃坦白道，她并没有想把戒指卖掉，而是打算拿回后还给好友。凛的结婚对象在经济方面十分富裕，性格也无可挑剔。看到凛即将走上一帆风顺的人生道路，她一时鬼迷心窍才做出了那样的事。露感受到的负面情感正是由梨乃对凛怀有的嫉妒心理。

由梨乃恳求麻野不要将此事告诉凛，恐怕是不想破坏二人之间的好友关系吧。麻野请由梨乃保证今后不会再做这样的事后，答应了她的请求。

"本来，不管在多么艰苦的环境下长大，都不能成为实施盗窃行为的理由。但我还是不禁夹杂了私人感情，因为身边没有可以依靠的人……真的很难受。"

麻野有一瞬间露出了悲伤的神情，但马上又恢复了平常的笑脸。麻野的身边或许有和由梨乃的遭遇很像的人，虽然很想知道，但理惠终究没能问出口。

"不过，可能我的语气过于严厉导致她哭了……我也在深刻反省。"

突然铃铛声响起，有客人来了。

"早上好……啊！"

看到麻野惊愕的神情，理惠也抬头看去。只见由梨乃站在门口，盘得很夸张的头发和紫色的紧身裙想必是她工作时的装扮。由梨乃走到柜台前，弯下腰将一个小小的纸袋子递给麻野。

"昨天非常抱歉。这是我的一点歉意，还请收下！"

麻野起先谢绝了，但在由梨乃的坚持下最终还是收下了。她好像不打算在这里用餐，在回去前有些扭捏地看着麻野说："那个，能告诉我您的全名吗？"

"啊、好的，我叫麻野晓。"

对于突然的提问，麻野也显得很困惑不解。由梨乃双目微湿，脸颊也染上一片薄红。

"真的十分感谢晓先生。一直以来，都没有人好好地训斥过我……我还会来的。"

"静候光临。"

听到麻野的回答，由梨乃绽开笑容。从特意以名字称呼这一点也可以看出由梨乃对麻野的情意。

在打算离开之际，由梨乃貌似察觉到了理惠，她踌躇着对理惠低下头。

"对不起。"说完，由梨乃便离开了。

"那个，刚才的道歉是什么意思？"

"大概是因为制造了奥谷小姐遭到怀疑的状况吧，这也是我批评她最严厉的一点。"

麻野最生气的竟然是理惠遭到怀疑。在感到无比开心的同时，理惠突然红了脸。不知为何，伊予说过的话回荡在脑海里。

"可千万别掉以轻心哦。"

必须向麻野道谢才行。就在理惠刚要开口时，门突然打开了。

"我今天也来吃早餐了。啊，前辈也在啊。"

因为伊予的突然到来，理惠刚要说出口的话又咽了回去，伊予挨着理惠坐下，看到今天的汤，双眼放光。

"今天的汤也好香啊，麻烦给我大份！"

理惠轻微地叹了口气。麻野点点头，单手拎着纸袋子消失在了厨房。露应该快从二楼下来了吧。理惠从内心祈祷，这样宁静的时光如果能一直持续下去就好了。

第五章

不要对我视而不见

现在——理惠 1

纾解压力的方式因人而异，对于理惠而言，最有效的办法便是购物。工作进展得不顺利的周末，理惠必定会化上淡妆出发去百货超市。

周六的车站人头攒动，虽然目的地位于公司附近这一点让人有些提不起劲，但品牌店集中的魅力却怎么也无法抵挡。

七月艳阳当空，理惠转眼就在第一家店买下一顶帽子。于是又想买搭配这顶帽子的夏装，便去往下一家店。

麻野喜欢什么样的衣服呢？

一边眺望橱窗，理惠不由地思考着。

自戒指失踪事件发生已过去两周，那次之后，理惠再也没有去过汤店雫。

她一直都不擅长缩短与人之间的距离。

至今为止的恋爱也都是对方先提出后才开始交往的。从单相思发展为恋人关系的经历一次也没有过，总是在意识到自己对对方的情意时，就突然变得紧张起来，不知该怎么拉近彼此的距离。而且，因为她很喜欢现在雫店里的氛围，不想因为贸然的行动破坏现状。

更重要的是，她还不是十分确定自己的感情。

虽然麻野是一个很出色的人，但理惠总觉得她对麻野的感情似乎和至今为止经历的恋爱心情略有不同。在没有确定自己的心意之前，她暂时不打算行动。如果把这些话告诉伊予，伊予肯定会抱怨说"你想这么多干什么"吧。

在车站直通的商场逛了一圈后，已经到了下午一点。理惠随便进了商场内的一家咖啡店解决了午餐，味道和服务都很一般。目前到手的战利品有一顶帽子和一件夏天的连衣裙，但只凭这点东西还无法消解她在工作中积攒的压力。

"说起来，四丁目新开的那家杂货店我还没去过呢。"

出于工作关系，理惠熟知公司附近的店铺信息。有她亲自到访取材的店铺，也有同事负责并刊登在杂志上的店铺，其中就有好多杂货店及饰品店她都很感兴趣。于是理惠离开商场，朝四丁目出发。

来到车站前的广场上，绿植附近俨然成了约会集合地点。理惠走到交叉路口等待信号灯时，忽然发现了一个熟悉的身影。

"那是……"

让人印象深刻的长发少女，是麻野的女儿露无疑。还有她肩膀上挎着的茶色背包也是露的物品。

露身着白色的半袖衫及米白色裙裤，打扮得很成熟。从她东张西望地寻视四周这一动作来看，她应该在找什么人。

理惠想着麻野或许就在附近，但转念一想周六是零的营业日。因为露背朝着这边所以没有发现她，理惠打算走近一点打声招呼。

"妈妈！"

听到露的大声呼喊，理惠猛地停住脚。只见露挥着手跑向了站立在街道示意图旁边的一位女性，女性露出满面笑容，向她张开双臂。露停下来，踌躇了片刻后扑进女性的怀抱。

女性和麻野一样，年龄在三十五岁左右，但看似很要强的面孔和露并不像，灰色的连衣裙和打底裤的装扮像是休息日的家庭主妇。

拥抱结束后，女性向露伸出手。露略显不安地回应后，两人拉着手向繁华街的方向走去。

对于这一连串的突发事件，理惠的脑子完全跟不上了。

她听说露的母亲已经离开人世了，但刚才露清楚地喊了那人"妈妈"。在露她们被行人淹没之前，理惠慌忙跟上她们。

理惠飞快地转动脑筋，思考着眼前看到的场景。

假设和露在一起的女性是露的亲生母亲的话，就意味着理惠被骗了。但也有可能是出于某种理由就当成这个人已经死了也说不定。例如她做了什么无法原谅的事，使得家人再也不想和她扯上关系，于是就当没有这个人。

另外，假设露的亲生母亲真的已经过世了，还有一种情况那位女性也可以称得上露的母亲，即她是麻野的再婚对象，也就是露的继母。这种可能性浮现在心头的瞬间，理惠的心不由地揪紧了一下。

理惠保持着一定距离跟在她们身后，偶尔看到露的侧脸浮现出紧张的神色。

　　在强烈的日照下，理惠用手帕擦去额头的汗水。那位被露称为母亲的女性牵着露的手，走进了一家玩具店，这是一家整栋楼都是铺面的大型店。

　　理惠迟疑着要不要继续跟踪，这种行为显然是不对的。但在纠结了一会儿后，她还是踏进了玩具店。

　　她们上了卖布偶玩具的二层，理惠躲在货架角落里观察着。因为距离的关系虽然听不到她们在说什么，但从女性的神态举止可以看出她似乎对露很客套。理惠怎么看都像是一个即将上任的新妈妈想努力讨未来女儿的欢心。

　　露看向货架的一角，那里摆放着最近很受小学生喜欢的动画角色的布偶。察觉到这一点的女性拿起货架上的布偶递给露，但露却摇着头将布偶推回去了，女性只好一脸不解地把东西放回去。

　　露将手伸进包里，从里面拿出一个粉红色的东西。向女性说了什么，然后朝理惠所在的方向走来，理惠慌忙蹲在货架背后。

　　露将粉红色的物体贴在耳边说着什么，最终在窗边站定。看来她拿的是儿童手机，但据理惠所知，麻野并没有给露买过这类电子产品。理惠透过货架凝神细听，露的声音断断续续地传来。

　　"真的可以吗？"

　　露站在大大的窗前，透过窗子看向地面说道。

　　"我明白了，那计划继续进行。没事的，我会努力吃下去的。"

露的语气听上去很严肃。理惠发现声音停止了，探出头一看，露已经回到了那名女性身边。

她们最后还是什么都没买走出了玩具店。至此，理惠也放弃了继续跟踪。但她还是很在意露口中的"计划"一词以及手机的来源。

迷茫了一阵，理惠决定前往汤店零。外面酷热难耐，远处似乎传来蝉鸣声。

汤店零今天也挂着"OPEN"的牌子。进入店内，麻野正在收银处结账，店内空调很足，理惠缓了口气。

今天的每日一汤是沙丁鱼丸和夏季蔬菜的味噌汤。零的每日一汤也会做日式料理，而且这天一定会配上糙米制作的饭团。汤汁浓郁鲜美，加上大量使用应季食材，使得品尝每次的日式料理都是一次享受，理惠有些后悔没有在零用午餐。

"欢迎光临。啊，好久不见了。"

出来迎接的是慎哉，身穿亚麻衬衫和棉布长裤加黑色围裙，还是一如既往的装扮，店内没有客人。由于位于商业区，平日午餐时间虽有很多等待打包的客人排队，但周六的午后却相对比较空闲。麻野结完账，笑着对理惠说："欢迎光临。好久不见了，刚好还可以赶上午餐呢。"

时隔两周再见，理惠不由地红了脸。时间还有几分钟到下午两点。零的午餐营业时间到下午两点半，最后下单时间为结束前三十分钟。

理惠没有入座，而是站在原地摆了摆手。

"不好意思，我今天不是来用餐的。是关于露的事……"

"露今天外出了，请问有什么事吗？"

露在上午十点左右就出门了，说是和同班同学渡边莲花出去玩。目的地是图书馆，似乎在几天前就约定好了。

"实际上，我刚才在逛街时看到了露。"

理惠将刚才看到的情景如实告诉了麻野。当她说到露的装扮和那位神秘的女性时，麻野的表情一点点紧绷起来。

"那的确是露。"

露今天外出时的穿着的确和理惠看到的一样，麻野证实道。

"因为我有几个在意的地方，所以想来问问麻野先生。不过我承认跟踪确实做得有些过头了……"

听到铃铛声响起，理惠抬头一看，原来是慎哉出去将牌子翻成了"CLOSED"。慎哉递给理惠一杯加冰的水，滋润了理惠干渴的喉咙。

"不过，好奇怪啊。你没给露买过手机吧？"

面对慎哉的疑问，麻野神色严肃地点点头。

"露真的称呼那位女性为妈妈吗？"麻野问道，看到理惠点头肯定，他将手放到下巴上陷入深思。

"那个，露的妈妈已经……"理惠战战兢兢地开口说道。

"去世了哦。"

杯中的冰块发出咯噔的碰撞声，慎哉代替缄默的麻野回答道。理惠鼓起勇气，问出了她最想知道答案的问题。

"难道除了令夫人，还有露会称之为母亲的人？"

因为有些难为情，问到最后，理惠的声音快要听不到了。麻野依旧缄口不言，慎哉耸了耸肩答道："就我所知，这家伙还没有再婚的打算，对吧？"

慎哉语气轻松地向麻野确认，但马上吃惊得睁大眼睛，因为麻野此刻脸色惨白。

"……有一个人，可能会将露当成女儿。"

麻野的额头上流下汗珠，在理惠开口询问这是什么意思之前，慎哉瞪大眼睛。

"喂，晓，你说的该不会是夕月逢子吧？"

理惠明显感觉到二人周身的空气一下子紧张起来。店内的空调似乎也加强了风势，理惠感觉被汗浸湿的身体透出一丝寒意。她虽然想知道夕月逢子是什么人，但不知该不该问。

"这么说起来发生那件事时……还有遇到静句小姐也是在盛夏时节呢。"

麻野眯起眼睛，目光飘向远方，回忆起久远的过去。

过去——静句 1

"快住手！"

　　静句大喝一声后，少年们一溜烟地跑开了。这处禁止通行的废弃大楼作为不良少年的集会场所已经接到多次举报，将被围困的男性交给同僚后，静句去追击一个身形略胖的少年。在其企图翻墙逃跑时，静句抓住他的衣领，猛扔出去接着压制住。

　　紧紧按住关节后，少年立马就放弃了挣扎。这名略胖的少年大概是高中生的年纪，相信带回警局稍加审问便会交代出同伴的身份吧。静句用无线通话机请求同僚支援，没过一会儿小型巡逻车——俗称迷你巡逻车便到了。

　　"辛苦了，麻野巡警还真是热爱工作呢。"

　　"我只是在尽我的职责。"

　　静句将少年交给了隶属交通科的前辈。从斗殴现场的情形推断应该是集体施暴，但少年们脸上也有肿胀迹象，说明被施暴的男性也有还击。

　　男性被打得头破血流，坐在地上没有起身接受着同僚们的照顾。迷你巡逻车刚走不久，救护车便到了。男性站起身，但他没有向救护车走去，而是站在了静句面前。

　　"感谢，若是平常的话我才不会输给那帮家伙。但他们耍阴招从背后偷袭，我没有防备才中了招，我的名字叫内藤。"

　　"哦。"

　　虽然脸上布满了擦伤，还肿了起来，但还是可以看出他的五官很端正。年纪应该比静句大一些，但有一种猜不出实际年龄的感觉。金色的卷发加上夏威夷衫的装束怎么看都不像是正经的上班族。内藤突然凑到静句面前。

"对了，你要不要和我交往？"

"啊？"

扔下一旁困惑不解的静句，救护员将内藤强行塞进救护车。静句呆呆地目送旋转的红色警示灯渐渐远去。

麻野静句是在派出所工作的民警。虽然她一直期望转到生活安全科少年系，但由于缺乏实绩，因此没有任何眉目。目前正在派出所执勤，以守护地区的治安为职责。

内藤是这儿附近游荡的无业游民，因为俊俏的脸蛋和能说会道的嘴巴经常引发女性纠纷。前几日遭到围攻的起因也是女性，因为内藤搭讪了不良少年头目的女人。据内藤自己解释："因为那女孩儿打扮得过于成熟，所以没看出还是小鬼。"自此之后两人经常在街上遇到，每次内藤都会熟络地向静句打招呼，但静句只是适当地应付一下。

在七月底的一天，因为放暑假的关系街道上学生的身影明显增多。中午过后，静句骑着自行车在街上巡逻时，发现公园里聚拢了不少人。这是一处带有喷泉、面积较大的公园，骚动就发生在草坪的边缘。

"你对我女儿做了什么？"

位于人群中心的是两组家庭，在大声哭喊的男孩旁边看上去应该是他奶奶的女性正弯腰道歉，他们对面是一位怒火大发的女性，年龄大概在二十五到三十岁之间。

当看到年轻女性身旁的小孩的一瞬间，静句的目光便被紧紧地吸引住了。

首先，最让人印象深刻的就是那长及胸口的富有光泽的黑发，从体格上判断应该上小学低年级。露在外面的肌肤从脸颊到脖颈处，就像陶瓷一样洁白细腻。明明是盛夏时节，却穿着长袖衬衫加红色的背带裙。

而最吸引静句的则是她深邃的眼眸。长长的睫毛在脸上投下阴影，尽管年幼却散发着一股哀愁的气息。

"发生了什么事？请冷静一下。"

看到静句出来劝阻，老奶奶似乎松了口气。年轻的母亲可能是看到静句的警察制服吓了一跳，也沉默下来。

从当事人以及周围人的叙述中得知，事情的起因是小孩之间的争吵。

起先是男孩逗弄黑发女孩，但女孩不搭理他，男孩一生气便把女孩推倒了。

看到这一幕的年轻的母亲跑过来将男孩撞到一边，在不远处的男孩的奶奶急忙过来道歉，可年轻的母亲怎么也不肯消气。

虽然男孩有错在先，但他已经和奶奶一起道过歉了。经过静句的劝解，年轻的母亲终于消气，最后还对男孩他们道了歉。事情解决后聚在一起的人慢慢散开，男孩也跟着奶奶回家了。

"非常抱歉，我看到这孩子被推倒在地，一下子没有控制住自己。"

年轻的母亲名叫夕月逢子，她一副很惶恐的模样对静句道歉。

"保护孩子是父母的本能，我能理解。"

夕月逢子是最近才从邻市搬来的。冷静时的逢子就像一名天真无邪的少女，和情绪激动时的她简直判若两人。

好几次低头道歉后，夕月逢子母女牵着手离开了公园。静句看着二人的背影，在盛夏的阳光照射下，女孩乌黑的头发反射着光芒，耳边油蝉的鸣叫声此起彼伏。

这天是静句不当班的日子。上午在家洗衣服、收拾屋子，过了中午暂告一段落，她随意地套上T恤和裤子打算去外边解决温饱问题。

外面的湿度和温度都很高，空气就像黏在身上一样。在一家常去的店里吃完炸猪排饭，静句悠闲地踏上归途。大概是平常认真巡逻的结果，即使今天没有穿制服还是有好几个人上前问候她。

静句顺道去超市买了晚饭的食材。在回来的路上穿过公园时，有很多家长带着孩子玩耍，有玩皮球的，还有打水枪的。

走着走着，她在长椅上发现了一个熟悉的身影。长及胸口的黑发从远处看也非常显眼，静句走过去，欠身问道："下午好，今天妈妈没和你在一起吗？"

女孩今天穿着一件棕色的无袖连衣裙，下面套一件白色的长袖T恤，头上戴着草帽，乌黑的头发依旧充满光泽。听到静句的问话，她只是轻微地扬起脸，但又马上背过去了。那一瞬间看向静句的眼神里充满了拒绝的神色。

尽管女孩没有理睬她，静句还是挨着她坐在被树荫遮住的长椅上。

她重新打量了一下女孩。新闻里已经连续几天报道了超过三十度的高温天气，但女孩今天也穿着长袖。脖颈上骨骼清晰可见，裙子下面露出的腿也非常细。

"今天也好热啊。"

不出所料，没有反应。

天上飘着积雨云，因为高温，远处的景色看上去有些摇晃。静句站起身暂时走出公园，在自动贩卖机买了两罐饮料后返回长椅。

"你要哪边？"

右手是可乐，左手是橙汁。大概是对饮料有了反应，女孩低垂的眼睛猛然睁大了。敏锐地捕捉到她的视线轻微瞥向左边，静句将橙汁递出去，饮料罐上的水蒸气变成水滴落向地面。

"谢谢。"

"不客气。"

回想起来，这还是静句第一次听到她说话，沙哑的声音让人有些担心她是不是感冒了。静句将饮料递到女孩战战兢兢伸出来的手中，只见她一打开拉环，就咕咚咕咚地喝了起来。当唇瓣离开饮料罐时，她的表情也缓和下来，那柔和的笑容透露出和她这个年纪相符的天真之气。

静句再次坐到长椅上。

"对了，我还没问过你的名字呢。"

"我不想说。"

本以为她已经对静句敞开心怀了，看来没有那么简单。

静句也喝了一口可乐，碳酸刺激着她的喉咙。三个晒得有些黑，看上去像是初中生年纪的女孩子在草坪上玩着飞碟，每次飞碟一偏离方向，三人就会捧腹大笑。

"你刚搬来这里不久吧，是第一学期结束后转学过来的吗？"

"嗯。"

虽然隔了许久才点头回应，但至少有了反应，也算是一大进步了。

"现在是上小学二年级吧。转校以后就没法和以前的朋友一起玩了，如果你不介意的话，我可以做你的朋友吗？"

突然，传来一声铝罐落地的声音。

还没有喝完的饮料从开口处流出来。静句慌忙转头看向旁边，正对上女孩扩张到极限的瞳孔。女孩睫毛剧烈抖动，小小的嘴唇也颤抖着。

"对不起，我是不是说了什么奇怪的话？"

"求求你，不要和我还有妈妈扯上关系。"

"啊。"

女孩突然站起，晃动着黑色头发向前跑去。静句还来不及说什么，女孩便不见了身影。

忽然间，蝉鸣大合唱一下子钻入耳朵。她这才注意到，原来人在精神高度集中时似乎可以屏蔽杂音。视线落到地面，只见洒在地上的橙汁周围蚂蚁慢慢聚集起来。

现在——理惠2

为了联系到本应该和露在一起玩耍的莲花，麻野到楼上取来了手机，虽然无法直接联系莲花，但他知道莲花父亲的电话号码，貌似是五月份莲花办生日会时，麻野接送露的时候留下的。

莲花的父亲和麻野一样是单亲爸爸，两人在交流育儿烦恼的过程中意气相投便交换了联系方式，想必作为独自抚养小学五年级女儿的父亲，要操的心一定很多吧。

莲花的父亲告诉麻野，他有给自己的女儿买儿童手机。关于莲花的母亲，他只是说没有这个人。

莲花体型微胖，个子比露矮，梳着马尾辫，性格消极软弱，在学校里经常哭，每次都是露在安慰她。理惠试着回忆起莲花有没有在露附近，但因为过于集中在露她们身上所以完全想不起来。

莲花的父亲很快就接听了麻野的电话。询问莲花的去向后，他回答说和露一起去了图书馆，这和露告诉麻野的内容一致。

"我有急事想找露。"

麻野这样解释道，然后请他联系莲花。莲花的父亲欣然答应，于是麻野暂时挂断电话等待对方的回信。

大约过了三分钟后，对方打来电话。但他说莲花的手机虽然通了可没人接听，可能是手机放在包里没有察觉，因为以前也发生过这种情况。莲花的父亲答应麻野会继续打电话，如果联系到莲花，会转达露立马给家里回个电话。

"那就麻烦了，看来今后我应该让露也拿一个联络工具。作为参考，可以问一下莲花拿的手机是什么牌子吗？"

和莲花的父亲闲谈了几句后，麻野挂了电话。结束通话的麻野额头上浮出汗珠，即便是一向都很冷静的他，在牵扯到爱女的事时也会失去平常心。麻野操作了一会儿手机，将画面给理惠看。

"露拿的手机是这个吗？"

"没错，就是这个。"

画面上是一款儿童手机，边缘是圆形设计。为了迎合女孩子的喜好，外表设计为粉色，和理惠看到的一模一样。麻野解下围裙。

"我要去找露，可以跟我一起来吗？"

"当然。"

理惠郑重地点点头。以防万一慎哉留在店里待命，理惠则跟着麻野一起走到店外。气温比来时更高，一到外面便出了一身汗。麻野走到大路上拦下一辆出租车，虽然距离只有两千米左右，但出租车无疑是最快的。二人坐进后座，理惠说出玩具店的名字后，司机踩下油门。

车内空调开得很足，微微飘散着一股新车的味道。

"那人把布偶玩具递给露的时候，露拒绝了对吗？"

看到理惠点头，麻野皱起眉头。

"最近露在收集那个动画角色的周边产品，还因为零花钱不够买布偶玩具闹情绪呢。"

如果是亲近的人，在这种情况下通常会接受才对。由此可见露和那个人可能并不是很亲近。

出租车停下来等待绿灯。这处交叉路口人流量很大，理惠感觉红灯时间似乎格外的长。麻野将手放在下巴上专注地思考着，车窗外穿行在人行横道上的人们即便是碰到肩膀，也都没有一句道歉径直走过。

理惠一直很犹豫，不知该不该问。她闭上眼睛，咽了一口唾沫。

"那个，夕月逢子是谁啊？"

"对不起，请忘了吧。刚才是我一时心急判断失误才提到了那个名字，她和今天的事没有关系。"麻野面容窘迫地回答道。

理惠垂下眼睛，还有一个问题，她无论如何也想知道。

"……您妻子是怎么去世的？"

或许现在并没有必要问这个问题，如今最应该担心的是露才对，但理惠还是没忍住问出了口。

"因为交通事故。"

信号灯转绿，出租车再次发动。

麻野的妻子——静句是一名警官，为了市民的安全，每天奔走忙碌。

"她被卷入一起卡车事故，原因是司机疲劳驾驶。"

那是值完夜班的早上，在回家途中发生的事。

"根据事故调查，据说她刹那间躲避的话，是有可能获救的。但从轮胎痕迹来看她并没有做出躲避反应，虽然存在过劳的可能性，但事到如今谁也不知道真相。"

麻野像在读新闻报道一样，不带任何感情地说道，但在理惠看来，正是这样才更加反映了他的内心。

忽然，理惠的脑海里浮现出一种假设。

在那次戒指失踪事件时，麻野曾说过"身边没有可以依靠的人真的很难受"，那是他得知由梨乃被亲戚收养，在艰辛的环境下长大后发出的感慨。当时理惠就猜想，麻野身边可能有着和由梨乃境遇相似的人。

那个人或许就是露。

换言之，露并不是麻野的亲生女儿而是养女。露给人的感觉虽然和麻野很像，但脸长得并不像。

但如果是那样的话，静句是否是露的亲生母亲呢，还是说，现在和露在一起的女性才是她的生母呢？

想到这里，理惠狠狠地摇了摇头，这些全都是她的空想，没有任何证据。

"到了。"

听到司机的声音，理惠转头看向车外，车已经停在了玩具店前。

麻野付完车费二人下了车，理惠指着店铺的大楼说道："露就是站在二层的窗边一边看着地面一边打电话的。"

麻野用视线搜索着周围，不一会儿，他的目光停在对面的便利店。

"那个门口旁边有一个公用电话。"

"真的哎。"

"露应该是边看着通话对象边打电话的。这样一来，和她通话的人极有可能是莲花。"

露手中的手机十有八九是莲花的，所以莲花只能使用其他手机或者公用电话。

"你知道她们二人朝哪边走了吗？"

"是那边。"

理惠指着和车站相反的繁华街的方向。那里店铺鳞次栉比，周六的午后行人络绎不绝，十分热闹。

"实际上，露和莲花两人都吃不了一样东西。"

露在通话时说了"我会努力吃下去"的话。

在上次给莲花准备生日礼物时，和莲花同一所幼儿园的朋友告诉露不能用猕猴桃。听说莲花从小就对猕猴桃重度过敏，就连学校供餐时若碰到有猕猴桃的一天，也会为她准备特别菜单。

听麻野说，对猕猴桃过敏的人其实不在少数。其症状轻则表现为喉咙、舌头麻痒；重则表现为患部肿胀、荨麻疹甚至呼吸困难等。

露虽然没有过敏症状，但猕猴桃是她最讨厌的食物。如果她特意说会努力吃下去，那就一定是猕猴桃。

"只是，不知道这附近食物里含有猕猴桃的店有多少家……"

"大概没有麻野先生想象中的那么多。"

理惠脑海中浮现出这附近的地图，回想着午餐菜单中含有猕猴桃食物的店铺。

"你知道吗？"

"那是当然。"

这一片繁华街是理惠工作上所负责的区域，无论哪家店，她都因为广告的交涉去过一次。若是负责撰写报道文章的话还会实际品尝商品，边商讨边完善菜单也是业务的一部分。

"请跟我来。"

理惠在脑海中整理出最高效的查找路线后，毫不犹豫地跑了起来。麻野快步跟上，第一个目的地应该用不了三十秒便可以到，希望露平安无事，理惠一边跑一边如此祈祷着。

过去——静句 2

那之后，经常在路上和夕月逢子碰到。每次注意到对方她们都会打声招呼闲聊几句，夕月也因此找静句诉说过几次烦恼。

"前段时间的那个男孩子又跑来找我女儿麻烦了。"

捉弄喜欢的女孩是小男孩的天性。夕月逢子那面带愁容的脸庞拥有高挺的鼻梁，丰满莹润的嘴唇，可以想象她的孩子将来也一定会是个美人吧。

"毕竟令爱很漂亮啊。"

听到静句的话，夕月逢子皱起眉头。只要牵扯到孩子的事，她的态度就会大变。

"我一定要保护那个孩子。"

看着夕月逢子凝重的神情，静句心里浮现出一抹不安。而且，对子女过度保护的家长容易和周围产生摩擦也是事实。

"说起来，我还不知道令爱的名字呢。"

听到静句的询问，夕月立马就告诉了她。那名字念起来很好听，静句也觉得是个好名字。她坦诚地将自己的感想说出来，夕月露出了开心的笑容。

自此之后，静句在执勤中总会不自觉地寻找夕月母女二人的身影。但和第一次见面时发生冲突不同，二人总是很和睦地牵着手。

八月中旬，警局接到男性遭到集体施暴的报警电话。静句立刻赶往大桥下面的河堤，到达时施暴者已经逃走了，内藤仰面躺在草丛中。

"怎么又是你？"看到静句的到来，内藤站起身一脸赖皮的样子笑着说道，"如果能见到静句小姐的话，被打或许也不错，但这次也是他们先找的茬。"

内藤伸展关节，用手拍掉身上沾着的沙子和枯叶，其动作非常流畅，看来没受什么大伤。

"不用想这次肯定也是因为女性问题吧？"

"这是误会，因为那群家伙中不知是谁的妹妹擅自对我动了真心，可我明明早就和她分手了。"

静句叹了口气，想不通为何有那么多女性会喜欢上这种轻浮的男人。

"这样会给你家里造成麻烦哦。"

内藤的家族是继承了很多上等土地的地主，名下拥有多栋大楼和公寓住宅，同族中议员、官僚及企业家等大人物层出不穷。而且，听说内藤出生的家庭属于本家一脉。

平日里总是嬉皮笑脸的内藤，脸上第一次浮现出了痛苦的神色。

"我和家里没有关系。对了，你选我做丈夫吧。因为我非常讨厌内藤这个姓氏，所以可以倒插门哦，麻野这个姓氏听上去也不错。"

"真是个笨蛋……"

明明年纪在她之上却总是叫人忘记使用敬语。用开玩笑的方式求婚一定是脑子缺根弦。不过，即使他正式提出求婚，静句也没打算答应。

"啊，我可是认真的，孩子的话我想要女孩。"

"你不是我喜欢的类型，所以没戏。"

"那你喜欢什么样的？"

静句思考了一下，坦率地回答道："他要诚实、聪明、沉稳且有思想。经常面带笑容，给人一种干净的感觉。虽然有严肃的一面，但也有一颗能关怀体谅别人的心。另外就是得认真工作，也就是和你完全相反的人。"

"如果我变成那样的人，你就会和我结婚吗？"

"还有，女性关系混乱这一点纯属生理上无法接受，我希望他的眼里只有我一个人。"

听到这里，内藤露出绝望的表情。因为那个表情实在是奇怪，静句忍不住大笑起来。

在一个不当班的日子，到了中午，静句发现冰箱里几乎没有什么食材。因为自己做饭太麻烦，静句打算随便吃个便当对付一下。最近的饮食实在谈不上健康，不知是不是心理作用，她感觉皮肤变差，体重也增加了。

静句简单地化了淡妆出发去超市。因为云层较厚，所以外面气温不是很高，但听天气预报说台风好像要来了。

"嗯，那个孩子是……"

通过公园前时，一抹熟悉的黑发映入眼帘。眼前的人正蹲在水龙头前，嘴朝上大口喝着水。

服装是纯色 T 恤加长裙，今天也是长袖。静句从背后靠近打了声招呼，看到她一脸胆怯地回首后的样子，不由得吃了一惊。脸颊比以前还要消瘦，眼神也有些呆滞，而且感觉头发也失去了光泽。

"你好。"

静句蹲在旁边，女孩依旧没有回话。

"前段时间，我从你母亲那里问了你的名字。你叫日向子对吗？"

静句叫出名字的一瞬间，不知为何，眼前的人表情突然僵硬起来。接着突然朝公园入口的方向跑起来，踉跄的脚步叫人忍不住担心。静句正这么想着，只见她突然停下脚步倒了下去。

静句慌忙跑过去将她抱起，比预料中还要轻的体重让她震惊不已。

"没事吧？"

出汗没有异常，但体温很高，可能是中暑了。静句再次出声询问，却传来一个熟悉的声响，那是因为空腹肚子表示抗议的声音。

难道说她刚才大口喝水不是因为口渴，而是为了掩饰空腹感。没有办法，静句只好将她带回自己的公寓。虽然本人看上去有些不情愿，但也不能放着不管。

在背着她回家的路上，可能是摇晃着很舒服吧，不一会儿就传来了有节奏的呼吸声。

到达房间后，静句先打开空调。接着在床上铺上刚洗好的床单，将还在发热的女孩放在上面，然后将毛巾浸湿，想替她擦擦汗。

"不要碰我！"

静句伸出去的手被猛然甩开，浸湿的毛巾掉落在木质地板上。不知何时她已经醒了，用受惊的眼神瞪着静句，扯起毛巾毯紧紧裹住自己。

"……衣服，你脱了吗？"

声音听上去果然有些沙哑。

"没有脱哦。"静句尽量柔声回答道。

几年前发生过专门以年幼的小女孩为目标的犯罪事件，引起了巨大轰动。可能是因为这个，夕月逢子特别叮嘱过她。

"我要回去。"

虽然女孩着急回去，但貌似腿使不上力，根本站不起来。

"别勉强了，再休息一会儿吧。"

女孩还是没有回答，但看来身体很不舒服。她裹上毛巾毯，乖乖躺着。看到她背过身躺下时，静句走进厨房。

在冰箱里翻找了半天，只找到吃到一半的蔬菜和培根，于是静句便做起了她拿手的"偷工减料"料理。

将茄子、青椒、胡萝卜、洋葱和培根切碎，用色拉油简单地炒一下然后注入水。煮沸后撇出浮沫，加入高汤块。尝一下味道后，适当加入盐和胡椒便完成了。这就是缺乏蔬菜时，静句经常会做的特制蔬菜汤。

静句看了一眼卧室，均匀的呼吸声传来，就这样等了一会儿，只见她自己睁开了眼睛。静句便将蔬菜汤盛在碗里端到桌上。

"好了，请用吧。"

高汤的香味飘散在房间内，但过了许久女孩依旧没有动手的迹象。静句没有催促只是静静地等待着，她自己也盛了一碗，坐在床边喝了起来。

"嗯，真好吃。"

静句略显夸张地说道。实际上味道虽然不难吃，但也算不上好吃。青椒的苦味过重，盐好像也有些放多了。

大概是被静句触动了，女孩咽了咽口水，小心地拿起汤勺，舀了一勺蔬菜汤，缓缓放入口中。静句紧张地屏住呼吸。

咽下去的一瞬间，一滴泪涌出眼角。

"嗯？"

不顾一旁震惊不已的静句，女孩大口喝着蔬菜汤，吃到一半左右时突然停住了手。

"怎么了？"

"我也不知道。"

面对静句的问题，女孩不断摇头。

"我想起了以前吃过的早餐。味道虽然完全不一样，但总觉得很相似……"

女孩努力忍着不让眼泪流下来。

"妈妈工作很忙，中午和晚上都见不到她。但只有早餐大家能聚到一起，妈妈和我，还有……"

因为她低着头，脸被头发挡住，所以看不到表情，还有的后面大概是父亲吧。女孩一言不发，瘦弱的肩膀不停颤抖着。

在静句经验尚浅的警官生涯里，她已经遇到过不少走上歪路的少年少女。他们当中的大部分都存在家庭因素的影响，被亲生父母施加暴力的例子也不在少数。

但是，虐待的形式并非只有殴打一种。例如不让子女接受教育、不为他们提供干净舒适的生活环境、不给与足够的食物等，这些都属于放弃育儿的虐待行为。

考虑到这种可能性的静句，开始在意起女孩对衣服的反应，难道是为了掩盖身上被虐待过的痕迹？

"日向子，你妈妈有给你好好吃饭吗？"

突然响起一阵金属声。是勺子被摔在桌上的声音，静句后悔不该这么问。

"不要再靠近我们了！"

女孩的眼神再次充满戒备的神色，是静句太着急了。但在静句说出道歉的话之前，女孩已经站起身向外跑去。

静句不知该不该阻止，因为这一瞬间的迟疑，失去了行动的时机。她看着女孩远去的背影，为她恢复了体力感到高兴。桌上还留有喝到一半的蔬菜汤，房间内回响着空调机械的转动声。

警察局内的休息室，静句趴倒在桌上。房间陈设简单，只有桌子和钢管椅。今天是女性警官聚集在一起练习柔道的日子。因为无数次被放倒，静句身体的疲劳已到达极限。而且由于被摔时不小心，额头擦到榻榻米上红了一块。

"你今天有些心不在焉啊。"

开口说话的是静句最想进的生活安全科的女刑警，她是个柔道健将，高中时还参加过柔道全国大赛。

"对不起。"

静句在自家做蔬菜汤给女孩是上周发生的事，可自从那天以后她一直无法专心工作。

爱打听八卦的地域科的前辈坐在她旁边的椅子上。

"怎么，难道是恋爱的烦恼？听说那个叫内藤的家伙在猛烈地追求你。"

"你是怎么知道的？"

地域科前辈的眼神里闪烁出光芒，充满了对恋爱话题的期待。然后从包里掏出一大堆零食，原本干净的桌面一下子摆满了东西。

"那种平常装出一副恶人的样子，看上去吊儿郎当的家伙说不定出乎意料得单纯哦。而且他家里是财主，保不定以后会大变身呢。"

听说内藤一族里有警察高层，因此在警局内颇有名气。还有传言说他曾动用关系解决了纠纷，警局里的女性警官大多数都被他追求过。

"如果你喜欢的话，我可以介绍给你。"

运动后的身体渴求着盐分，静句打开一包薯片吃了起来。听到二人对话的生活安全科的前辈一脸担心地问道："你有什么烦心事吗？"

"是啊，是一对母女的事。"

抛开地域科的前辈，静句打算找生活安全科的前辈商量。

她将夕月逢子母女二人的情况简单做了说明，从前辈的反应可以看出事情有些棘手。

"的确很让人在意，但是否会发展为紧急事态却无法确定。"

"就是说啊。"

警察正式介入只能是在事情发生后，仅凭借行为可疑这一点很难采取行动。

"喂，麻野，那名女性真的叫夕月逢子吗？"

地域科的前辈突然加入对话。静句点头后，前辈疑惑地歪着头。

"夕月女士和女孩一起生活有些奇怪啊，她女儿应该在两年前就去世了。因为她的姓氏和名字都很独特，我应该不会记错。"

"什么？"

地域科的前辈两年前，还在位于辖区边缘的警察局工作时，曾负责过一起不幸的事故。一名女孩被卷入汹涌的河流中溺水身亡，而那名女孩的母亲就叫夕月逢子。

"我看过女孩生前的照片，可以预见将来一定会出落成一个美人。她又黑又长的头发给我留下了深刻印象，日向子还真是可怜啊。"

静句感到后背一阵发凉，一句话也说不出来。那孩子深沉的眼睛似乎就在身后不远处，一动不动地盯着她。

现在——理惠 3

第一家店是一家西餐厅，夏天午餐时分会提供新西兰产的猕猴桃作为清口小食。询问店员后得知并没有形似露二人的客人来店；第二家店是一家饮料吧，菜单中有猕猴桃的鲜榨果汁。店内还设有可以用餐的休息场所，但这家店也落空了。

一阵冷风吹来，理惠抬头望向天空。大片乌云正在朝这边靠近，一场暴雨即将来临。

第三家店是位于杂居大楼一层的一家咖啡店，使用了大量水果的纽约风味松饼是店里的招牌菜单，也在理惠制作的优惠券杂志上刊登过广告。

店长是一位皮肤黝黑，年纪在三十岁左右的女性。她口齿伶俐地说道："如果是那两位客人的话，大约十分钟前已经离开了。"

"真的吗？"

据店长的描述，女孩留着长发，上小学高年级，看上去像人偶一样，从这些特征来判断应该是露没错。理惠正犹豫要不要马上出去寻找，麻野却向店长问起了问题。

"两人在店里的感觉是什么样的？"

店长的表情阴沉下来。

"泄露客人的信息有点……"

店长表现出踌躇是理所当然的。作为服务行业的从业人员随意泄露客人的个人信息会影响到店铺的声誉，身为同行的麻野也不好继续追问。

"我知道这让您很为难，但可能会发生紧急事态，拜托了。"理惠拼命低头请求道。

　　从遇见露以来，她好几次接受过露的好意。在身体不舒服时也是露向她伸出援手，如果露正在遭遇危险的话，她必须马上赶去援救。

　　个性耿直的理惠在工作上也从来都只会从正面碰撞，所以这次也是直来直去的请求。店长先是表现出吃惊的样子，接着苦笑着说道："理惠小姐既然都做到这份上了，真是没办法，一定是发生了什么重大事件吧。毕竟一直以来都承蒙关照，我很信任您。"

　　理惠感到心里涌进一股暖流，差点流出泪来，那些不顾一切全身心投入工作里的日子似乎得到了一丝回报。

　　店长将露二人在店内用餐的样子告诉了他们。因为两人坐在离厨房很近的位置，所以店长听到了二人的对话。首先，母亲点了汉堡包，女孩点的是松饼。

　　"松饼中放了猕猴桃对吗？"

　　听到理惠的问题，店长点了点头。店里的招牌菜松饼表面用好几种新鲜水果做装饰，看起来也十分华丽，为了撰写报道文章，理惠曾参与过照片拍摄，所以很清楚。据店长所说，露貌似很满足地吃光了。

　　"刚吃完后，女孩打了一通电话。"

　　屏幕上应该有显示莲花父亲的未接来电，也就是说露无视了这一来电。

　　大概是为了避免给店里的客人造成麻烦，露专门去外面打的电话。

回来后她从包里拿出一个袋子，递给了坐在对面的女性。

"虽然看得不是很清楚，但好像是一个蓝色的卡片。"

之后，露二人好像说到了生日的话题。那位看上去像母亲的女性说了一个日期，露也笑着点头回应了，但至于具体的日期，店长也记不清了。

最后店长还说了一件事情。

那位女性走出店里时，迎面撞上了一个和露差不多年纪的女孩。对着屁股着地摔倒的女孩，女性言辞粗暴地训斥了她，给店长留下了非常不好的印象。

以上就是店长所知道的全部内容。二人向店长道谢后一起走出店里，暴雨的气息越来越浓了。

之后麻野向理惠询问了一家银行的位置，可能他认为露递给女性的卡片是银行卡吧。蓝色是某家大型银行的代表色，理惠告诉麻野离这里徒步五分钟的地方有一家该银行的分店。

"我们或许得快一点了。"

麻野的语气变得严肃起来，看样子他已经猜出事情的真相了。二人边躲避行人边全力奔跑，远处似乎传来雷声。不一会儿豆大的雨滴便掉落下来，不出几秒就沾湿了地面，可二人已顾不上这些。

"就是那里。"

理惠二人来到银行前，连等待自动门打开的时间都让人心急。进入店内，只见在 ATM 机前，一位三十多岁的女性正在逼问一名黑发少女。她发出怒吼声，眼看就要朝少女扑上去。

"露！"

就在理惠正要飞奔到露身边时，麻野已经冲出去了。可当理惠发觉他奔往的方向时，她甚至有些怀疑自己的眼睛，麻野不是朝着露的方向，而是朝正在怒吼的女性身后跑去。

刚才躲在阴影里没有发现，但仔细一看女性的身后原来有一名少女，而且她正握着一支圆珠笔，冲着女性的后背抬起手臂。

"危险！"

在少女猛然挥下手臂的同时，麻野夹在了女性和少女之间。理惠出于惊吓猛然避开了视线，等转过脸时发现麻野在千钧一发之际抓住了少女的手腕。

少女双膝着地，圆珠笔滚落在地上，是银行登记台配备的笔。少女和露差不多大，体型微胖，和她所听到的莲花的特征相似。麻野轻轻地拍了拍少女的背。

"你们是什么人？"

女性对突然到来的闯入者显得非常困惑，但不多时就大喊大叫起来。就在这时，站在对面的露忽然打了女性一巴掌。

"你这是在做什么？莲花！"

不知为何，女性将露称为莲花。对于眼前接连发生的状况，理惠全然无法理解。

这时，一直远远看着这一切的警卫人员向这边走来。为了不让事态变得更加复杂，理惠挡在了警卫员面前。

"拜托了，可以请您再等一会儿吗？"

强行阻止住困惑不解的警卫员，理惠再次看向麻野等人的方向。

麻野拉过露的手腕让她站到自己身边，然后朝女性弯下腰去，还按住露的脑袋让她一同低头道歉。

"我女儿露做了很失礼的事，非常抱歉。"

"你在说什么啊？她是我的女儿。"

女性感觉很不耐烦地大声嚷道，麻野抬起头定睛看向女性。

"我知道你的企图。"

麻野的脸色突然转变。似乎被锐利的眼神看穿，女性脸上浮现出胆怯的神色。

"啊？我不知道你在说什么。"

"你如果不想招来警察的话，马上把银行卡交出来离开这里。"

麻野伸出手。那充满怒气的眼神，连理惠看了也有些害怕。

大概是听到"警察"这个词感到了畏惧，女性将蓝色的银行卡狠狠地扔到地上，一脸愤慨地朝出口走去。自动门打开后外面正下着大雨，女性粗暴地从雨伞架中抽出一把塑料伞离开了。

骚动告一段落，麻野先是向银行职员、警卫及客人道歉，之后打电话给慎哉让他开车来接他们。在等待慎哉的时间里，少女和露一直手拉着手一句话也不说，过了一会儿慎哉开着轿车到达银行前。

"一起走吧，莲花。"

麻野对少女说道，果然这孩子就是渡边莲花。

从银行出来时雨已经停了，街道上弥漫着一股泥土的味道。麻野先让莲花和露两人坐在后座上，接着理惠正要坐进去的时候，麻野开口说道：

"给你添麻烦了，非常抱歉，之后我会全部解释清楚的。"

理惠点点头坐进后座。麻野坐上副驾驶席后，慎哉发动了车子。车内，露一直紧紧地握着一脸消沉的莲花的手。理惠透过车窗看向天空，一缕阳光穿透云层照射下来。

过去——静句3

遇到夕月逢子的第二周，曾发生过这样一件事。

静句骑着自行车巡逻途中经过一栋小小的公寓，即便是白天也照不到阳光，柱子也已经生锈了。这时，夕月突然从公寓跑出来冲到路上，看来这里就是夕月的住所。感到吃惊的静句跑上前询问，夕月大声叫道："那孩子不见了！"

夕月双目充血，看上去完全失去了冷静。静句慌忙询问具体情况时，只听见从房间里传来一阵沙哑的声音："我在这里。"

"啊，你到底去哪儿了？"

静句转过脸去，看到公寓楼其中一间的门开着，一个小小的人影站在那里。在看到黑发长袖身影的一瞬间，夕月的表情突然柔和起来。

"不要吓我,我只有日向子了。"

之后静句只能默默地看着夕月返回家里。

根据地域科的前辈所说,像这种奇特的行为搬家前也发生过。尤其是女儿亡故后不久,她在街上徘徊的身影多次被人目击过,这次搬家好像也是因为和附近居民起了冲突。

静句总有一种感觉,夕月逢子绝对不对劲,于是她去儿童咨询所请求进行调查。

第二周她收到了调查报告,可里面却说没有发现异常。无法接受这一结论的静句亲自跑到咨询所,接待她的是一位四十多岁笑容可掬的女性。

"我们没有接到近邻的举报,而且根据调查,日向子的母亲非常疼爱孩子,会不会是麻野小姐有什么误会⋯⋯"

于是静句将在公园里发生的事以及因为空腹晕倒的事说了出来。听完,对方重重地叹息道:"仅凭空腹这一点判断有些轻率吧,因为是单亲家庭经济拮据也有可能。而且最近的女孩都很早熟,或许是在节食也不一定。"

负责接待的女性面带笑容,这反而让静句更加烦躁了。虽然她原本没打算说出来,但还是忍不住开口了。

"实际上,夕月女士的女儿已经去世了。"

听完,接待员的表情凝固了,但之后谈话也没有任何进展。

静句只好离开儿童咨询所，她也不是不能理解接待员的主张。夕月母女的确看起来很亲密，而且也没有虐待行为的实据，如果因为她的误会伤害到两人的感情就得不偿失了。

静句最终还是什么也没做，回到了日常工作中。

自从上次见到夕月母女已经过了两周。一天，内藤忽然邀请她去居酒屋。如果是平常的话，她一定会拒绝二人单独去喝酒，但那天可能是鬼迷心窍吧，她答应了邀约。

地点是车站前一家挺优雅的西洋风居酒屋，客人大多为情侣。内藤似乎说他请客，静句便毫不客气地点了一大桌料理和乌龙茶。

静句明明没有摄入酒精，但等发觉过来时却像个醉汉一样发着牢骚。内藤也很擅长倾听，无论什么事都认真地听她说。趁着静句沉默下来，内藤询问道："静句真的很热爱工作呢，你为什么会当警察啊？"

"大概，和我小时候的玩伴有关。"

静句放下手中的玻璃杯，闭口不言。她几乎从未对人说起过这件事，但如果是内藤的话感觉说了也无妨。

那是和幼儿园就认识的玩伴——沙良之间的回忆。

沙良家里有四口人，她、父母和比她小两岁的弟弟。她弟弟从小就体弱多病，不断重复着出院又住院的过程。父亲为了赚取医药费拼命工作，母亲则整日忙于照顾弟弟。

"她不仅懂得体谅家里的难处，对朋友也很好。"

沙良除了帮着做家务，还会帮忙照顾弟弟。因为知道家里条件不好，她从不向大人要新衣服和玩具等。在学校朋友遇到困难时，她也会全力帮忙，也会倾听他人的烦恼。

沙良帮助别人就和呼吸一样平常。静句一直对这样的沙良心怀向往，希望变得和她一样。

"但是有一天，沙良的心终于超出了负荷。"

高二的冬天，沙良突然不见了踪影。虽然她的家人向警察提出了搜查请求，但是至今仍未找到。沙良的家人、亲戚、朋友没有一个人知道她突然消失的理由。

"但是我知道她内心的痛苦。"

沙良一直都处于被忽视的状态。

即使有想做的事，对她而言从一开始就没有选择的权利。就连感冒病倒时父母也会优先照顾发低烧的弟弟，沙良只能自己吃饭穿衣照顾自己。只要犯一点点错误，父母就会抱怨"你弟弟明明那么痛苦""不要再给我们增添麻烦了"。

沙良恐怕一次都没有听到过表扬的话语。

这种状况从沙良开始记事起就一直持续着。

静句是在幼儿园时认识的沙良，认识新朋友感到很高兴的她对沙良伸出了手，但沙良却只是一脸不可思议地看着静句的手掌。

数年过去，静句终于明白了沙良为何会作出那种反应。

　　沙良的父母将所有的目光都放在她弟弟身上，因此从来没有牵过沙良的手。所以沙良不知道别人伸出手时，应该要将自己的手放上去。

　　沙良的父母形容自己的女儿是个好孩子，并断言说关于女儿失踪的理由没有头绪。

　　在失踪前不久，沙良曾找静句聊过天。她说弟弟的身体在一点点恢复，逐渐不需要她帮忙了，然后她发现家里没有了自己的位置。

　　"今后我要怎么做才能帮到家里，要怎么做爸爸和妈妈才会看着我？"沙良这样说道。

　　沙良帮助他人并不是出于热心，只是为了和父母产生交流，只有帮忙照顾弟弟这一个办法。和朋友也是，除了提供帮助以外她不知道该如何与人建立联系，她只知道奉献自己这一种生活方式。

　　静句注视着自己的双手。

　　"可是那时我竟然说出了没有这种事这样的蠢话，根本没有想着去理解她的痛苦。"

　　但凡有一个人能牵起她的手，沙良就一定不会失踪。静句至今仍清楚地记得沙良最后看向她的眼神。

　　"真是太差劲了！"

　　内藤将啤酒杯重重地砸在桌上，静句身体一僵。

　　"小孩就是要被疼爱的，那对父母不应该区别对待姐姐和弟弟，应该给予他们平等的爱。"

静句茫然地看着眼前激愤不已的内藤。

"不过世上的确存在不爱孩子的父母，这一点也无可否认，完全无偿的爱本就是幻想。如果出生在这种不负责任的父母的身边，就当作运气不好，看开一点尽力逃开就好了，你朋友的做法是对的。"

静句也曾将这一心里的疙瘩向大人们诉说过。

沙良的父母应该更加关注自己的女儿，责任在于她的父母，静句如此对大人们说道。

之后，大人们总会表现出一副可以理解沙良的痛苦的样子，劝解她的话也都差不多。静句的父母对她说"父母也不是完美的，这是没办法的事"，班主任老师则用好似知晓一切的表情开解道"这件事的确很遗憾，但等你当上父母就会明白了"。

对于这些答案，静句完全不能接受。因为在她看来对于柔弱的小孩子来说，父母的难处和小孩并没有关系。

因为父母的关系，正在忍受痛苦的小孩还有很多。静句渐渐产生了一个想法，就是想要帮助这样的孩子，所以她才希望进入和小孩关联最密切的生活安全科少年系。

为了不让内藤察觉，静句悄悄拭去眼角浮现的泪水。她终于明白了自己为何会那么在意夕月二人，因为那灰暗的眼神和可能再也见不到的儿时玩伴如出一辙。

"谢谢你。"

她由衷地表示感谢。和平常不同，内藤害羞地别过脸去。

"谢什么啊。"

"我知道自己该怎么做了，你是我至今为止遇到的男性中最……"

"最好的男人？"

"是最好的朋友。"

内藤挺身问道，静句满面笑容地回答。内藤的表情虽然在笑，但面部略微抽搐。

静句向生活安全科的前辈请求帮忙调查夕月逢子的事，因为她还是一名在派出所执勤的新上任的巡警，调查范围有限。

"我只能利用工作的空闲时间帮忙调查，不要抱太大期望哦。"

前辈虽然这么说，但不出几日，就在静句不值班的日子给她家打来电话。

根据前辈调查的结果，夕月逢子今年二十九岁，五年前和丈夫离婚，而离婚的原因不明，也没有收到抚恤金或养育费。因为她是不顾家里的反对和男方结的婚，因此和娘家也断绝了关系。

夕月离婚后，靠着白天打零工和晚上夜总会的工作维持生计。但两年前发生了一起悲剧，她的女儿因事故不幸离世。

"另外，关于夕月的孩子……"

听完调查内容，静句一刻不停地赶往了夕月的公寓。在集体信箱处找到夕月的姓氏，确认完房间号后，静句便上去敲门。

"有人在吗？"

没有回应，她抓住门把手试着拧了一下发现门没有锁。打开门后先是厨房，里面的房间用隔扇隔开。

透过半开的隔扇，依稀可以看到小孩子倒在地板上。

看到那一动也不动的样子，静句惊叫起来。长长的黑发散落在榻榻米上，她顾不得脱鞋慌忙跑过去，内心祈祷着一定要平安无事。

"为什么会变成这样。"

地上的人脸色发黄，嘴唇干裂，原本就很细的胳膊瘦得像干柴一样，憔悴得不成人样。

将手指搭在脖子上确认还有脉搏后，静句松了一口气。她用房间里的固定电话拨打了119急救电话，叫了救护车。

诊断的结果是由于重度的营养失调引起的贫血，输完液后转移到病房。医生告知如果发现得再晚一点的话，很有可能有生命危险。

和夕月还没有取得联系，她回家的时间推测是深夜。静句留下了纸条，如果她看到的话应该会来医院。

儿童咨询所的人也来到了医院，是静句在等待救护车时联系的。大概是已经从医生那里得知了情况，那人脸上充满了困惑的表情。

"对不起，我没有掌握到这一情况……"

"夕月逢子一直认为已经死了的日向子还活着，现在您可以相信夕月一家处于非常危险的状况了吧。"静句直视对方说道。

咨询所的人脸色苍白地点点头，并答应明天一早就会办理相关

202

手续。

她在病房前的长椅上一直等到晚上九点，仍然没有等到夕月出现。

就在这时，护士突然从病房里一脸慌张地跑出来，向护士站的方向跑去。混乱的声音传到静句耳中，和护士对视后，对方一副急得快要哭出来的表情说道："对不起，今天白天被送来的那个孩子不见了！"

静句慌忙进入病房，只见床上空空如也，窗户大开，风吹着窗帘不停地晃动。因为病房位于一层，女孩大概是从窗户翻出去了，静句告诉护士联系警察，自己则飞奔出了医院。

等跑到夕月的公寓时，静句感觉心脏快要跳出来了，除了公寓之外她想不到别的地方。走廊亮着公用荧光灯，突然公寓门被打开，夕月从里面走出来。

"夕月小姐……"

"日向子在哪儿？"夕月神色恍惚地问道。

静句咬着嘴唇，指了指贴在门上的纸条。

"你没有看到纸上的留言吗？"

纸条上写有夕月的孩子在医院的内容，但夕月只是瞥了一眼便摇了摇头。

"我在找日向子。"

"你的女儿已经去世了。"

"你在胡说什么？那孩子还好好地活着！"

夕月的叫声回响在整个走廊。看到夕月近乎疯狂的眼神，静句确信已经无法和她正常沟通了。

"请待在这里，我一定会带她回来的。"

虽然毫无线索，但只能靠两条腿去寻找。静句气还没有理顺，便离开了公寓。漆黑的夜空既看不到星星也看不到月亮，静句仅仅靠着街灯的光芒四处寻找。

静句最先前往的是公园，那也是她们唯一有接触的地方。深夜的公园寂静无声，喷泉也停止了，白色的街灯照在草坪上，吸引了大量的虫子。

"找到了。"

草坪上坐着一个小小的身影，漆黑的头发和夜色融为一体，但静句还是注意到了。

在听到脚步声的那一刻，眼前的身影想要逃跑，但极度衰弱的身体根本跑不起来，静句追了几步就追到了。

抓在手中的胳膊瘦得像根棍子，好像一掰就会断。手腕里的人还是不肯放弃拼命扑腾着，静句用恳求般的语气说道："求你乖乖和我回医院吧。"

"我要和妈妈在一起，因为我是日向子，我是，妈妈的女儿。"

　　可能是感觉到了将会和母亲分开，才突然间从医院逃出来的吧。
但静句不懂她为什么不是回公寓，而是选择来到公园，或许是因为在
内心的某处不想回到夕月身边也说不定。

　　"嗯，好，我明白你想要和母亲待在一起的想法。"静句尽量用
温和的语气说道。

　　"我不在了的话，母亲会发疯的。"

　　看着眼前的人像撒娇一般不停摇头的样子，静句忍住没有让眼泪
流出来，她深深地吸了一口气。

　　"可那是不行的，你这么聪明一定懂的吧。"

　　"怎么会！"

　　静句拉过眼前的身体，轻轻抱住，嘴凑近她耳边清晰地说道："已
经可以了，晓！"

　　下一秒，静句感觉到怀中的人震惊地停止了呼吸。接着全身僵硬
的身体一点点放松下来，微弱的呜咽声逐渐变大，泪水打湿了静句的
肩头。

　　静句从生活安全科的前辈那里得知，夕月逢子有两个孩子，死去
的女儿下面还有一个儿子。因此在女儿去世后，和夕月一起生活的只
可能是她的儿子。

　　夕月曾说过"我只有日向子"，因此静句便误以为她只有一个
女儿。

　　在失去日向子的时候，夕月想必已经精神崩溃了。因为过度悲伤，

她开始追寻女儿的幻影，而留长头发，穿上女孩服装的弟弟和姐姐简直一模一样。

"我……我只是想让妈妈笑一笑。"

夕月渐渐将打扮成少女模样的晓当成自己的女儿。而只要装作姐姐日向子的样子，夕月就会恢复正常，也会展露笑容，所以晓才一直扮演着姐姐。

营养失调也是为了继续扮演姐姐。晓随着年龄的增长，身体逐渐表现出男孩子的特征，为了阻止身体继续成长，一直忍着不吃东西，也因此造成营养不良。已经9岁的晓，体格停止在了小学低年级阶段，一直穿长袖也是为了掩盖极度瘦弱的身体吧。

但是要完全阻止身体的成长根本是不可能的。早早迎来变声期的晓比以往更加严苛地控制饮食，最终因为营养失调晕倒。

静句并不知道是哪一方先开始了这样的关系，有可能是晓为了鼓励母亲开始装作姐姐的样子，也有可能是夕月先开始让儿子穿上姐姐的衣服。可无论开端是什么，他们母子的关系都已经扭曲了，而且无法恢复到原来的样子。

夕月把爱全部倾注在姐姐身上，无论是拥抱还是温柔的话语全部都是为了死去的姐姐。即便母亲眼中根本没有自己，晓仍然拼命想让母亲露出笑容。

"只有早餐时有妈妈、我，还有……"

晓曾忍着泪水这样说道。还有之后他想说的是姐姐还是自己呢，不管是哪个，他最终都没能说出口。

他哭了很久很久，附近大概有大型车辆通过，静句感觉地面有些许震动。她什么也没说，只是一味地轻轻抚着他的背。

现在——理惠4

在空调开得很大的店内理惠轻微舒了口气。

露和莲花并排坐在离窗户很近的桌式席位上，慎哉在她们旁边的桌上落座，理惠则坐在稍远一些的柜台席上观望。

莲花从早上就一直跟在露她们身后，所以应该还没有吃东西。即使问了她也什么都不说，但麻野还是准备了每日一汤——沙丁鱼丸和夏季蔬菜的味噌汤。味噌用的是关东地区常见的颜色较淡的米味噌，蔬菜有切块的茄子、秋葵、毛豆及切成薄片的番茄。

应季蔬菜比其他季节的蔬菜营养价值高，而且听说夏季蔬菜特别适合预防夏季倦怠症。但莲花一直低着头，不肯动手。

麻野没有坐在椅子上，而是保持站姿看着露。露最初显得有些犹豫，但还是一脸紧张地解释起了事情的经过。她们本来就约好了如果被家长发现的话就全部说出来。露的手和刚才一样，还是放在莲花的手背上。

"前几天，莲花一个人在家时接到一通电话，打电话的人是莲花的妈妈。"

莲花的父亲一直对她说她的母亲已经死了，但事实并非如此，莲花的母亲在六年前出轨并离开了这个家。不过莲花其实已经察觉到事情的真相了，因为爱说闲话的左邻右舍和亲戚的言论即便不想听也会传入本人的耳中。

母亲在电话中说想见她一面，对于母亲的恳求，莲花不知如何是好。她虽然也想见母亲，但又不知该怎么面对抛弃自己的人。不能找父亲商量的她只好对自己的好朋友露诉说这一情况。

最开始，露提议和莲花同行。可即使如此，莲花还是害怕见到被大家说成是抛弃了自己的母亲，但同时她又不想拒绝母亲的请求。

"所以，我才假扮成莲花去见了她母亲。"

这样做的目的有以下几个。

首先，她们想测试一下莲花的母亲，看看她能不能一眼就识破眼前的人并不是自己的女儿。只要她表现出一丁点怀疑的态度，露就会联系在附近待命的莲花让她出来相认。

毕竟是亲生女儿，一定马上就会认出来的。

少女们一边制定计划一边猜想着，但没承想莲花的母亲很轻易地就相信了。不过，她们也明白两人已经分开六年之久，要一眼看破可能的确有些困难。而且，露她们选择继续执行替身计划另有目的。

"因为我想知道莲花的母亲是一个什么样的人。"

不养育孩子成天不着家，对女儿漠不关心，没有作为一个母亲的自觉。

从小到大，莲花听到的关于母亲的评价全部都是负面的，但那也只是单方面的说辞，事实或许会有所不同。

会面期间露和莲花一直保持密切的联系，报告彼此的情况。在玩具店的通话和麻野预想的一样，是通过公共电话打来的。露站在二楼的窗边，边看着莲花所在的便利店的位置边讲话。

"从第一眼看到的时候我就有不好的预感，而到了吃饭的时候就更加确定了。"

她们事前就决定好了吃带有猕猴桃的食物。因为莲花从婴儿时就对猕猴桃过敏，如果是母亲的话应该知道。

选择店铺时她们参考了店铺信息杂志，的确那家咖啡店的报道页面上，刊登着用多种水果点缀的松饼的宣传照。

露虽然不喜欢猕猴桃，但为了朋友她还是忍着吃下去了。然而即使看到露吃猕猴桃的样子，莲花的母亲也什么都没有说。

吃完饭后，露向莲花打了电话，告诉她还是不见比较好，但莲花却拜托露将约好的东西交给母亲。

"真是不敢相信，我都说了不能给，但她哭着求我，我也没有办法。"

莲花的母亲在电话里要求女儿将银行卡带来，那是为莲花的将来准备的存款，从未离婚之前就一直放在一个地方。莲花按照母亲的指示拿到银行卡，并将其交给露保管。

莲花的母亲没有看出露不是她的女儿，也不记得自己女儿的过敏食物，在出咖啡店时故意撞上去，也没有认出莲花。

即便这样，莲花还是想实现母亲的愿望。

莲花的母亲拿到银行卡后，和露一起来到银行。然而将卡插入ATM机并输入密码后，却无法取钱。

"那个人记错了莲花的生日。"

露的声音在颤抖，莲花的母亲只记得密码是女儿的生日，但却忘记了具体的数字。她在咖啡店确认莲花的生日时，说出的日期是错误的，但露没有订正只是笑着点了点头。

这之后发生的事就和理惠他们看到的一样，莲花的母亲为了让露说出生日不断逼近，而莲花则在身后目睹了这一切。

母亲忘记了自己的生日。面对这一残酷的现实，少女不自觉地拿起了圆珠笔。

露说完后，店里恢复静默。

"露，你……"

"那个人伤了莲花的心。"

露打断了麻野的话，她的眼神里充满愤怒，紧握拳头，眼角闪烁着泪滴大声叫道："爸爸，为什么要阻止莲花？那种人被刺也是活该！"

麻野走到露身边，下一个瞬间，砰的一声，麻野在露的头上重重地落下一记拳头。

过去——静句 4

结束负责的事件，静句在天亮时分开车返回家中。凌晨四点的天空泛起一丝鱼肚白，静句满脑子都是快点回家补觉的想法。

终于成为心心念念的刑警后，静句更是忙得不可开交，在警局过夜的日子也不在少数。她在公寓停车场停好车，踏着沉重的步伐走进公寓，进入电梯按下按钮，到了房间所在的楼层，插入钥匙拧开把手。

"欢迎回来。"

打开门后房间里充满着温暖的气息，晓面带笑容对她说道。

"我不是一直都说不用等我的吗？"

"我在研制菜单，一不小心就忘记了时间，而且今天是固定休息日。"

厨房里飘散出香味，刺激着食欲。但静句径直朝寝室走去。

"啊，已经不行了……"

她虽然很想吃完晓亲手做的料理再睡，但身体的疲惫已经到达极限。晓好像很担心似的跟着她来到寝室，静句胡乱脱下衣服，换上睡衣就躺下睡了。

"晚安，静句。"

闭上眼睛，晓握住她的手。

和晓相遇已经过了十四个年头，这是两人结婚后的第一年。如果告诉当时的自己未来会和这个少年结为夫妻的话，不知会做何反应呢。

在公园找到晓后，晓拜托静句到便利店买了一把剪刀。静句告诫他不要做傻事递过去后，晓突然一把剪断了自己的长发。之后他告诉静句在回医院前想先去公寓，在那里他见到了自己的母亲夕月。

然而即使他站在面前，夕月还是认不出晓。只是大叫着日向子在哪儿，然后疯了似的到处寻找。

曾经有一次，静句撞见夕月从公寓飞奔出来，那是因为她看到脱掉衣服的晓，着急去找日向子。因此当晓再次穿上少女的服装时，她又恢复了原样。

之后，夕月被送进医院，晓则被儿童福利机构收养。因为警方没有联系到夕月的前夫，她的娘家也拒绝收养。

这起事件是静句当上警官的第一年，也就是她十九岁时的夏天发生的事。

其后静句多次到福利机构看望晓的情况。和夕月的生活给晓造成了很大的伤害，而其中最严重的问题就是进食。晓在很长一段时间里都饱受厌食症的折磨，由于长期过度控制饮食，他的内心在本能地拒绝体重的增加。

但随着时间的流逝，晓开始慢慢克服内心的伤痛，并顺利长大。凭借他天生聪颖的头脑，小学和中学都取得了优异的成绩，高中时还获得了特优生的资格从而免除学费。

晓从中学毕业的那年，静句二十五岁，那时的她如愿以偿被提拔为生活安全科的刑警，但和晓见面的频率也降低了。

晓以优异的成绩从高中毕业，老师们都极力推荐他上大学。虽然可以通过奖学金及学费减免等制度继续升学，但晓却不顾周围的反对坚持要成为料理人。他选择不去职业学校而是直接到餐厅磨砺，因此去了一家法国餐厅当学徒。

晓从高中毕业后就对静句展开了追求。但晓比自己小十岁，而且从年幼时就认识，最开始静句不为所动，但看着晓一天天成长为散发魅力的成熟男性，静句的内心动摇了。

晓作为料理人的实力也在不断提升，二十岁时已经在工作的餐厅成为一名不可或缺的人才。后来又被挖角到一家有名的餐厅，身为主厨崭露头角。然后在晓二十二岁，静句三十二岁时，她终究输给了晓的热情点头同意两人交往，翌年他们便登记结婚，晓加入静句的户籍，从夕月晓变成了麻野晓。

将姓氏改为麻野是晓本人提出的，因为他希望通过改变姓氏与过去诀别。还有就是他想和静句变成同一个姓氏。

得知静句和晓结婚的消息后，受打击最大的就是内藤。静句和内藤的缘分在那之后也一直在持续，如今已成为要好的朋友。

"真的好受打击啊，我还梦想成为麻野慎哉呢……"

内藤慎哉现在已经陷入精神恍惚的状态。

内藤追了她十年以上，但静句从没当真过。就连她自己也觉得有点对不起内藤，但内藤从来没有断过和女性交往，所以应该没关系。现在包括晓在内，三人关系都很好。

　　一觉醒来便闻到炖蔬菜汤的味道，一看时钟是早上十点半。刚才在梦里她好像梦到了过去的事，但一睁眼又全忘了，静句伸着懒腰出了寝室，看到晓在厨房烹饪。

　　"早上好。"

　　"早。"

　　在客厅的沙发上坐下，身体还是很沉重，静句切实地感到自己的体力一年不如一年。近几年来，她接触了很多犯罪儿童，虽然不能说全部，但大多数情况下其父母也有责任。

　　例如有一位家长强行让自己不满十岁的孩子刺了文身，如果是因为宗教性理由那还好说，但实际完全是出于追求流行的目的。

　　近年一种叫 MRI 的新型医疗器械逐渐普及，为疾病的发现做出了很大贡献，但是有时却因为文身的颜料无法做检查。

　　换言之，被迫刺入文身的小孩同时被剥夺了接受适当医疗检查的机会。若是大人的话还可以自己承担责任，但小孩的权利只能由父母来保护。将这件事告诉晓后，他也露出了悲伤的神情。

　　除此之外，静句也看过很多诸如置之不顾、虐待等不忍直视的惨状。想要帮助更多的孩子脱离苦海，静句现在仍然怀抱着这样的心情投身于工作中。

"吃早饭吧。"

晓走到客厅，在桌子上放下两个成对的汤碟。

今天的早餐是蔬菜肉汤，里面放了切成厚片的培根，很有嚼劲。静句将食材和汤一起放到嘴里。

"嗯，今天也好吃到骨子里……"

各种食材的精华全都渗透在琥珀色的汤汁里，吃进胃里仿佛为全身注入了生气。圆白菜、胡萝卜、西芹等蔬菜炖得很烂，用筷子就能轻易夹断，据说有机栽培的蔬菜带有一种特有的土味，甘甜味也很浓。切成厚片的培根嚼起来很有口感，可以充分地感觉到吃肉的满足感。

感觉身体的能量似乎在一点点恢复，静句满足地叹了口气，无论面对多么困难的案件，只要有晓亲手做的汤，她似乎就可以满血复活。

晓最擅长做的料理就是汤。虽然汤是法餐的基本功，但由于既花时间又很难获利，因此很多料理人都对其敬而远之，但是晓却对汤有着非同寻常的热情。

静句曾问过晓理由。

"晓为什么这么喜欢汤？"

"汤就是我的原点。因为那时静句做的蔬菜汤实在太美味了，因此我才想成为一名料理人，静句就是我命中注定的人。"

她那时做的蔬菜汤不过是把冰箱里剩下的蔬菜和固体高汤块炖在一起而已，听到晓这么说她非常高兴，但一方面又觉得无比害羞。

静句慢慢地品尝着蔬菜肉汤，晓也坐在沙发旁吃起来。窗外略显昏暗，好像是阴天。房间里没有开电视，只有餐具碰撞发出的声音和彼此的呼吸声。

虽然夫妻俩都很忙，但晓会尽可能地和她一起吃饭，早饭尤其如此。

过去晓在喝下静句做的汤后流下了泪水，并说出他和母亲还有姐姐一起吃早饭的回忆，相信在晓的内心一定很珍惜那段回忆吧。

晓那时候为什么会落泪，如今的静句好像有些明白了。特意为了某个人而做的料理肯定有着超乎味觉的某种东西吧。

"我真的好喜欢你做的汤。"

听到静句的话，晓害羞地笑了。

听说夕月逢子在很久之前就出院了，但她没有联络晓就消失了踪影，如今也下落不明。如果动用警察的力量相信可以找到，但只要这不是晓所期望的事，她就不会擅自行动。

吃完早餐，静句轻轻叹了口气。简直没有比能在早上吃到晓做的汤更奢侈的事，她甚至觉得只有自己独享这份喜悦实在有些可惜。

"对了，可以开一家店哦。在早餐时提供晓做的汤，肯定能帮到很多像我这样工作很累的人。"

"这个想法不错，感觉很值得试一试。"

将来开一家属于自己的店是晓和静句共同的梦想，相信晓做的料理一定会有很多人喜欢。两人现在处于筹钱阶段，也在调查有没有可以出资的公共机构。

至于选址，内藤已经帮他们选好了。几年前内藤的父亲突然逝世，他继承了一部分房产。最近他也开始认真工作，一边学习经营餐饮店，一边为了取得侍酒师的资格在职业学校学习。而且内藤对晓的手艺评价也很高，因此答应将名下房产的一间店铺位置租给他。

"不过，真对不起，开店可能要晚一点了。"

晓也吃完了早餐，将两人的餐具拿到洗碗池，然后返回沙发，有些不解地看着静句。

"怎么了？"

"我有了。"静句尽量用若无其事的语气说道。

在解决案件后返回警局的途中，她突然想起自己的月经好久没来了，于是在一家深夜营业的药店买了验孕药，在警局的厕所里检验之后发现结果呈阳性。

晓先是呆愣了片刻，然后突然双手握拳举起，摆出一个胜利的姿势。看着这完全不像晓的动作，静句差点忍不住笑出来。

晓虽然很想抱住静句，但又因为担心她的肚子不敢上前。静句微微笑了笑，慢慢靠进晓怀里。

抱了一会儿后，晓放开静句，摸着她的肚子，满脸慈爱地说：

"我想为这个孩子做一件事。"

"什么？"

"我想每天做汤给这个孩子喝。由最爱的人准备的温暖的早餐，然后和家人一起吃，我想让这孩子感受到这两点。"

晓将手放在静句的肚子上，静句将手重叠在晓的手上。

"不过要是开了一家早上营业的店，会不会没时间和这个孩子一起吃早餐？"

"……这的确是个问题。"

晓不禁思考起来，但马上就想到了解决方案。

"那么，在店里一起吃就好了。就开一家气氛温馨，让客人感到宾至如归的店吧，到时客人也一定会用温暖的目光接受这个孩子的。"

静句笑着回应，然后再次靠上他的胸膛。

自己将来可以给这个孩子幸福吗？世上不幸的孩子千千万万，她也无法保证肚子里的孩子就一定会幸福。

家人间互相无法理解对方，彼此伤害的情况并不罕见。这么多年经历了这么多案件，静句深深地明白父母和孩子之间存在无偿的爱本就是幻想，她也不能百分之百确信他们家一定不会变成那样。

而且也有可能会发生一些意想不到的变故。总之，未来充满了不安，静句忽然变得害怕起来。

但她还是想努力相信未来，不管未来有多少艰难困苦在等着她，她都会尽全力克服，然后给自己的孩子，她所能给予的全部的爱。

这样的话，心爱的人也一定会笑着面对生活。外面天好像放晴了，一束光线从窗帘的缝隙间温柔地照射进来。

现在——理惠后记

早晨的汤店雫，理惠听麻野讲述着过去的事情，麻野昨天说过会全部说明，他遵守了约定。那是以麻野的姐姐逝去为契机开始的，他和生母夕月逢子之间悲伤的回忆，也是他和静句相识相恋的故事。

"如果母亲还是和当年一样的话，或许会将露看作自己的女儿，让露喊她妈妈。我当时一着急就想到那里去了，其实仔细想一想，露和我或是姐姐长得都不是很像。因为我的错误判断，让你担心了。"

虽然五官的确不太像，但露给人的感觉和他爸爸一模一样，也难怪麻野会担心。而理惠做出的露是收养的孩子这一猜测则完全跑偏了。

静句是在三年半前去世的，当时他们正在着手进行开店的准备。虽然麻野曾一度想过放弃，但开一家自己的店是麻野和静句共同的梦想，加上慎哉的鼓励才最终得以顺利开业。当初的店名并不是现在的名字，但为了缅怀亡妻静句改成了"汤店雫[1]"。

麻野以前曾有些不好意思地说过"有年龄差距的恋情不是很美好吗"，看来他是想起了自己和静句之间的事。

麻野还告诉了理惠开始早间营业的经过。

汤店雫在三年前开业，但直到理惠初次到访的去年秋天前都没有

---

1. 日语中雫和静句发音相同，均为 shizuku。——译者注

开展早间营业。然而麻野心里一直有这个想法，因为那是他和静句之间的约定——也就是想为疲惫的人提供早餐治愈他们的身心。

但如果开始早间营业的话，就会牺牲和露一起吃早饭的时间，所以他迟迟没能下定决心。但随着露慢慢长大，已经到了可以判断是非的年龄。于是麻野找露谈了这件事，露也很快就答应了。

不过早间营业还有一点让人担心的地方，雾是一家很有人气的店，午餐和晚餐时间客人都络绎不绝。如果早餐也变成这种状况的话，麻野既会忙得不可开交，露也不好待在店里。因此他才没有进行任何宣传，只靠口口相传的方式招揽客人。

另外，慎哉竟然是雾的店主，这着实让理惠吃了一惊，而且整栋楼都是他的，麻野在二楼的住所也是向他租借的。理惠对他的印象只有已经过了四十岁还喜欢和年轻人一样赶潮流，是个很爱搭讪女性的花花公子。麻野称呼他为慎哉君也是他自己提出的，伊予也叫他慎哉君。他对理惠好像也说过同样的话，但理惠还以为是开玩笑，所以没当真。

早晨八点的店里，只有麻野和理惠两人。星期日是雾的固定休息日，而他们一起寻找露是昨天的事。

麻野为了表示在本次诱拐风波中对理惠的歉意和谢意，提出请理惠吃饭。当麻野问她喜欢什么样的店时，最先浮现在她脑海中就是雾，比起高档餐厅她更想喝麻野做的汤。听到这个答案的麻野虽有点为难但还是答应了。

220

对照了一下两人都有时间的日子，发现第二天正好是星期日，于是就这样定下来了。

"那什么时间好呢？不论是中午还是晚上我都会为理惠小姐施展一番厨艺。"

然而理惠真正想来的时间既不是中午也不是晚上，但如果直接说的话感觉很厚脸皮。就在理惠因不知如何开口而发愁时，麻野似乎察觉到了她的想法，紧接着加了一句。

"还是说早上好一点？"

理惠明白自己的要求有些无理。不仅要在休息日开店，然后亲自做料理，而且还是在早上，真的是厚颜无耻也要有个限度。不过她还是低垂着头回答道："那么就早上吧。"

麻野只为自己一个人做早餐，理惠无论如何也抵抗不了如此巨大的诱惑。第二天早上理惠如约来到零，边吃早餐边听麻野讲述了关于夕月逢子的事。

麻野今天准备的是夏季蔬菜清汤，用金色纹样装饰的浅口碟中盛有琥珀色的汤。

清汤（consomm）在法语里是"被完成的"意思，在用肉类及香辛料等熬制的汤底里加入蔬菜，煮沸后利用蛋清吸附杂质，之后用勺子一遍遍地撇去浮沫才得以完成，是一道很花功夫的料理。但里面凝聚了食材最美味的部分，正如其字面意思表达的一样，堪称是法餐中汤的终极完成形态。

从面前的盘子中飘散出一股复杂的香味。含入嘴中，馥郁的味道一下子扩散开来，主要食材想必是牛肉，但却完全没有任何突兀感并完美地衬托着其他食材的味道。牛肉味道深厚绵长，咽下去许久后还萦绕在口鼻之间。

这是她在雫喝的所有汤中最精炼考究的一道，即便和高档餐厅相比也毫不逊色。

然而理惠的内心却还是有一丝失落。如果可以的话，她希望麻野像以往的早晨一样，为她端出一碗能让她感到心安与温暖的汤。

听说静句第一次给麻野做的汤就是将蔬菜切碎煮在一起而成的，在日本固体的高汤块有时也会以清汤的名称在市场上流通。或许那时的料理和今天麻野做给她做的很像也说不定，但可以确定的是，那一定是可以让人感受到温暖的味道。

吃完之后，理惠喝着麻野沏好的路易波士茶。

休息日的早上总是很安静。理惠想起在认识麻野不久的时候，也曾在星期日的雫吃过早餐。

"今天怎么没看到露？"

"从昨晚开始露就一直把自己关在房间里，好像还在介意昨天的事。"

"这也没办法。"

理惠还清楚地记得昨天麻野的那一记铁拳，对于大喊出"那种家伙被刺也是活该"的露，麻野在她头上落下拳头。露眼含泪水，麻野脸上露出可怕的表情。就在麻野要开口时，莲花出声说道："请不要这样。"

莲花用央求的眼神看向麻野。

"露是为了我才这么说的，所以请不要生她的气。"

虽然声音很微弱，但却透露出莲花坚定的意志。露抱住莲花，不断对她说着"对不起"和"谢谢"，麻野叹了口气，恢复到平常冷静的样子，然后弯下腰看着莲花的眼睛说道："露有像你这样的朋友我很高兴，今后也请你多多关照。"

莲花重重地点了点头，麻野对她笑了一下接着看向露。

"你知道我为什么打你吗？"

露咬着唇轻轻点头。

"因为我，莲花受到了更大的伤害。"

"没错，因为露的行为，莲花差点伤害了自己的母亲，这是一件非常不幸的事。"

露低下头，紧咬嘴唇说道："我也知道自己的做法不对，肯定有比这更好的方法……应该和大人商量，不该擅自行动，这我都明白。可是……"

露的眼睛里涌出大颗大颗的泪珠，而且越流越多，想必她一直在忍着吧。

"可是我想帮莲花。"

这次轮到莲花握住了露的手。看着二人，麻野开口说道："你想帮莲花的心情我可以理解。因为你母亲也是，总是在考虑如何帮助有困难的人。"

麻野再次将手伸到露的头上，但这次不是拳头，而是用手掌温柔地抚摸。即使是刚刚打过自己的手，露也没有丝毫闪躲，足以看出父女二人间深厚的信赖关系。

"露真的和妈妈很像呢。"

露一直哭个不停，麻野便一直抚摸着她的脑袋。

理惠看着眼前的场景，突然间明白了自己对麻野的感情。她终于弄清楚了自己内心总感觉有些不对的理由。

之后莲花大概是肚子有些饿了，目光开始飘向眼前的味噌汤，但是又迫于周围的气氛，不敢动手。

"爸爸，能把汤热一下吗？"

听到露的话，麻野拿着木碗走向厨房，等回来时手里的汤已经在冒热气。

"吃吧，小心烫哦。"

莲花两手捧着碗。

"我开动了。"

将嘴凑到碗边喝了一口后，莲花的脸上立马露出了笑容。

"真是太好吃了！"

"谢谢，慢慢吃，还有很多呢。"

莲花专心地喝了起来，刚喝完莲花的爸爸就来了。麻野已经告诉

了他发生的事情，让他来接莲花回去。麻野将银行卡还给他，并为露
的行为道了歉。

　　"今天的汤还满意吗？"

　　听到麻野的说话声，理惠才发觉自己一直沉浸在回忆中。

　　"能享受一段这么美好的时间，非常感谢。"

　　说完，理惠发现厨房门口有一个窥探的身影。原来露一直在厨房
观察着她和麻野，被理惠发现后慌忙地想躲起来。

　　"露，过来这边吧。"

　　听到理惠的邀请，露小心翼翼地朝这边走来。分别看了看面对面
而坐的麻野和理惠，坐到了理惠身边，露的眼睛有些红肿。

　　"能吃下东西吗？"

　　看到露点头，麻野起身走向厨房。

　　"爸爸他吃早餐了吗？"

　　麻野离开座位后，露开口问理惠。询问缘由后才得知麻野昨天晚
上竟然没有吃饭，原因是他动手打了孩子，以此来惩罚自己。理惠告
诉她麻野也喝了汤后，露才放下心来。

　　"露，我能问你个问题吗？"

　　露歪着脑袋，看着理惠的眼睛。

　　"对于你爸爸在早上开店这件事，你是怎么想的？"

　　露沉默了一会儿，接着像是肯定自己的答案一样点了点头。

"早间营业是爸爸和妈妈一直想做的事，所以我也希望可以尽可能地持续下去。"

"那你不会寂寞吗？"

如果没有早间营业的话，两个人就可以静静地享受早餐了。露看着桌上的汤，摇了摇头。

"因为我喜欢爸爸做料理的样子，所以并不寂寞。最开始的确有些不安，但现在有理惠姐姐、伊予姐姐还有三叶姐姐你们，我觉得很热闹也很有趣。"

露面带笑容地回答道。

理惠重新环视了一圈店内，以木材为基调的小店给人一种温馨感，白色的墙壁则烘托出清洁感。长时间炖煮的蔬菜和肉的香味刺激着食欲，虽然身处商业街却被一种安静祥和的氛围包裹着。

现在店里这种温馨的氛围，一定就是静句给人的感觉吧。

一想到静句的心情，理惠就会感到心痛。她一定想和麻野还有露一起度过更长的时间吧。

"久等了。"

麻野将盛有清汤的碟子放在桌上。露拿起金属制的勺子，喝了一口，似乎对和平常略有不同的味道显得有些吃惊，但还是露出了笑容。麻野也眯起眼，看着露吃早餐的样子。

理惠不禁想，她很喜欢麻野看露时的慈爱的眼神。

她再次认识到，自己果然喜欢麻野，同时她也觉得露非常惹人怜爱。

理惠直到昨天才终于意识到自己的感情。

至今为止的恋爱当中，她一直在追求心动和快乐的感觉，但这次不一样。麻野和露不仅互相为对方着想，而且从内心信赖彼此。看着两人互相扶持的样子，连理惠都会感觉到温暖。若是可以和他们两人共度今后的时光，该是多么幸福啊。

她想和这对父女成为家人。

这就是理惠现在的愿望。

从窗户射入的阳光照亮了店内。虽然现在他们两人之间还没有她的位置，但这一天一定会到来的。注视着眼前的两人，理惠内心平静地想着。

图书在版编目（CIP）数据

推理要在早餐时 /（日）友井羊著；史姣译 . -- 北
京：台海出版社，2020.9（2022.9重印）
ISBN 978-7-5168-2642-3

Ⅰ . ①推… Ⅱ . ①友… ②史… Ⅲ . ①长篇小说 - 日
本 - 现代 Ⅳ . ① I313.45

中国版本图书馆 CIP 数据核字 (2020) 第 106651 号

版权合同登记号　图字：01-2020-2951

推理要在早餐时

著　　者：[日] 友井羊		译　　者：史　姣	

出 版 人：蔡　旭　　　　　　　　　封面设计：MF
责任编辑：员晓博

出版发行：台海出版社
地　　址：北京市东城区景山东街 20 号　　邮政编码：100009
电　　话：010-64041652（发行、邮购）
传　　真：010-84045799（总编室）
网　　址：www.taimeng.org.cn/thcbs/default.htm
E - mail：thcbs@126.com

经　　销：全国各地新华书店
印　　刷：三河市嘉科万达彩色印刷有限公司
本书如有破损、缺页、装订错误，请与本社联系调换

开　　本：880 毫米 ×1230 毫米　　　　1/32
字　　数：182 千字　　　　　　　　　印　　张：7.5
版　　次：2020 年 9 月第 1 版　　　　 印　　次：2022 年 9 月第 2 次印刷
书　　号：ISBN 978-7-5168-2642-3

定　　价：48.00 元